Le rendez-vous

Le rendez-vous

Alain Robbe-Grillet

Yvone Lenard
California State University, Dominguez Hills

Holt, Rinehart and Winston
New York   Chicago   San Francisco   Philadelphia   Montreal   Toronto
London   Sydney   Tokyo   Mexico City   Rio de Janeiro   Madrid

Library of Congress Cataloging in Publication Data

Robbe-Grillet, Alain, 1922-
  Le rendez-vous.

  Chiefly French, some English.
  1. French language — Readers. I. Lenard, Yvone, joint
author. II. Title.
PQ2635.0117R46   448.6'421   80-29648
ISBN 0-03-056248-1

CBS COLLEGE PUBLISHING
Holt, Rinehart and Winston
The Dryden Press
Saunders College Publishing

1 2 3 4 5   090   9 8 7 6 5 4 3 2 1

Table des matières

Préface

Je suis romancier. Cela veut dire que j'écris des histoires. Mes histoires —on me l'a souvent remarqué—ne sont pas «réalistes», selon les critères habituels. Cependant, pour moi, elles sont *vraies*.

Même si les événements qu'on y rencontre paraissent déroutants (illogiques, déraisonnables ou contradictoires), ils se sont néanmoins toujours imposés à moi avec une force irrécusable, même contre toute raison.

Il y a là un paradoxe. Celui-ci s'aggrave encore si l'on considère que, bien souvent, ces récits (les miens) ont été engendrés par des incitateurs formels assez contraignants, qui, loin de me gêner, m'apparaissent comme le lieu même où ma liberté va pouvoir s' épanouir (c'est-à-dire : va pouvoir travailler).

De dures contraintes formelles, ma liberté de créateur, la vérité du monde ainsi créé, ce sont là les trois pôles—théoriquement incompatibles—qui organisent la cohérence textuelle de ce que l'on a appelé «Nouveau Roman». En fait, d'ailleurs, Flaubert ou Nabokov auraient pu déjà souscrire à un tel programme.

Dans le présent texte, les contraintes génératrices ont été d'ordre grammatical: j'ai proposé à Yvone Lenard, spécialiste des livres scolaires pour l'enseignement du francais, d'écrire moi-même un roman où serait respectée, de chapitre en chapitre, la progression normale des difficultés grammaticales au cours d'une année universitaire. Yvone Lenard m'a donc fourni ce canevas. Voici le livre. Je me suis beaucoup amusé à l'écrire. Que personne ne vienne me dire, à présent, que ces choses-là n'ont pas existé.

Alain Robbe-Grillet

The principal works of Alain Robbe-Grillet include:

Novels and Essays
Les gommes 1953
Le voyeur 1955
La jalousie 1957
Dans un labyrinthe 1959
Pour un nouveau roman 1965
La maison de rendez-vous 1965
Projet pour une révolution à New York 1970
Topologie d'une cité fantôme 1979
Souvenir du triangle d'or 1978
Le rendez-vous 1981

Films
L'année dernière à Marienbad 1961
L'immortelle 1963
Muriel 1963
Le coup de grâce 1965
Trans Europ Express 1966
L'homme qui ment 1968
L'Eden et après 1970
Le jeu et le feu 1974

Introduction

Le rendez-vous is proposed as an answer to a definite need

Instructors of intermediate French courses have long found it difficult
to select reading materials suitable to the interests and abilities of thei
students. Texts written by a recognized author are often too difficult,
not necessarily because of complex ideas, but because their style and
vocabulary are not readily accessible. On the other hand, texts written
strictly as textbooks, while entertaining and didactically sound, may
lack literary value.

In the course of conversations on language and language acquisition, Alain Robbe-Grillet and I discussed this problem, and Robbe-
Grillet became interested in the effect that severe grammatical and lex-
ical limitations might have on a writer's thought and style. Would these
restrictions impair the writer's expression to the point where his identity would be lost? Is it inherent in the text, written with a didactic
intention, to be flatly expository, devoid of dynamic tension and mystery? I was certain that the answer to both questions was negative.
Alain Robbe-Grillet, who has always written under self-imposed restrictions of another nature, saw the question as a challenge he would like
to meet. I supplied the grammatical progression, following the order of

introduction that seemed most logical for intermediate to advanced students.

As a true writer would, Robbe-Grillet found in this progression the very elements, not only of his expression, but of the deep, underlying structure of his story.

The Exercises

The problems and requirements of a reading course are many: One must ascertain that the text has been understood on at least two levels: general comprehension of the story and its events, and specific comprehension of the terms and structures. Also, enough new and useful elements of language must be learned, and learned in a way that will significantly increase a developing vocabulary and fluency. Finally, as reading advances, students should become increasingly proficient at discussing the meaning and implications of the text, at a more intellectual level. All may agree on this, but few readers provide the means to that end.

First, each Robbe-Grillet chapter was divided into manageable reading assignments, the length of which increases as reading progresses, and facility develops. For each such section, I composed a variety of exercises in the following categories:

1. *General comprehension exercises* insure understanding of the text, in its broadest lines. They include a new type: *Non Verbal Expression of Your Comprehension*, in which one must show, through means other than words (a facial expression, a gesture, an attitude), the meaning of phrases such as: «Le bord de son chapeau est rabattu sur ses yeux», or: «Un demi-sourire passe sur ses lèvres». Why not occasionally demonstrate comprehension by means other than verbal expression? Language is words, indeed, but it is also much else.

2. *Vocabulary* These exercises stress acquisition of the most useful vocabulary, and its usage in different contexts.

3. *Grammar* Since each chapter focuses on a clearly defined grammatical point, it was easy to direct the review of grammar to that specific point. Students should review it in their reference grammar book. The exercises serve to give concrete expression to that review.

4. *Personal expression* Here, questions give students the opportunity to discuss the text, to draw ideas, conclusions, or to ask further questions. They lead to a step-by-step discovery of those elements that form the Robbe-Grillet novel in particular, and beyond that, the *Nouveau Roman* in general. There are also suggested exercises that extrapolate from the text, when, for instance, the students are asked to tell the story from a different point of view, or to compose a short motion picture script based on the scene just read.

Le rendez-vous and the *Nouveau Roman*

Alain Robbe-Grillet feels that **Le rendez-vous** is an integral part of his *œuvre*. Further, he sees it as an ideal introduction to the study of his other works.

Le rendez-vous will not only enable students to acquire a great deal of idiomatic, contemporary French, but it will provoke questions, entertain, and puzzle. More, it will introduce its readers to the search and endeavor in which Robbe-Grillet and other authors of the *Nouveau Roman* have engaged.

Yvone Lenard

Le rendez-vous

1

J'arrive exactement à l'heure fixée: il est six heures et demie. Il fait presque nuit déjà. Le hangar n'est pas fermé. J'entre en poussant la porte, qui n'a plus de serrure.°

À l'intérieur, tout est silencieux. Écoutant avec attention, l'oreille tendue enregistre seulement un petit bruit clair et régulier, assez proche: des gouttes° d'eau qui s'écoulent,° de quelque robinet mal serré, dans une cuve,° ou une simple flaque° sur le sol.

Sous la faible clarté qui vient des fenêtres aux vitres crasseuses,° en partie brisées, je distingue avec difficulté les objets qui m'entourent, entassés° de tous côtés dans un grand désordre, hors d'usage° sans doute: anciennes machines au rebut,° carcasses métalliques et ferrailles° diverses, que la poussière et la rouille° colorent d'une teinte noirâtre, uniforme et terne.

serrure, *f. lock*   goutte, *f. drop*   s'écoulent *run*   cuve, *f. tank*
flaque, *f. puddle*   crasseux(-se) *grimy, dirt-encrusted*   entassé *piled
up*   hors d'usage *no longer used*   au rebut *cast-off*   ferrailles *old
hardware*   rouille, *f. rust*

Quand mes yeux se sont habitués à la pénombre,° je remarque enfin l'homme, en face de moi. Debout, immobile, les deux mains dans les poches de son imperméable, il me regarde sans prononcer un mot, sans esquisser° à mon adresse la moindre salutation. Le personnage porte des lunettes noires, et une idée me traverse l'esprit: il est peut-être aveugle° . . .

Grand et mince, jeune selon toute apparence, il s'appuie d'une épaule désinvolte° contre une pile de caisses aux formes inégales. Son visage est peu visible, à cause des lunettes, entre le col relevé° du trench-coat et le bord du chapeau rabattu sur le front. L'ensemble fait irrésistiblement penser à quelque vieux film policier des années 30.

Immobilisé maintenant moi-même, à cinq ou six pas de l'homme qui demeure aussi figé° qu'une statue de cire,° j'articule avec netteté (bien qu'à voix basse) le message codé: «Monsieur Jean, je présume? Mon nom est Boris. Je viens pour l'annonce.°»

Et c'est ensuite, de nouveau, le seul bruit régulier des gouttes d'eau, dans le silence. Cet aveugle est-il également sourd et muet?°

Au bout de plusieurs minutes, la réponse arrive enfin: «Ne prononcez pas Jean, mais Djinn. Je suis américaine.»

Ma surprise est si forte que je la dissimule à grand peine.° La voix est en effet celle d'une jeune femme: voix musicale et chaude, avec des résonances graves qui lui donnent un air d'intimité sensuelle. Pourtant, elle ne rectifie pas cette appellation de «monsieur» qu'elle semble donc accepter.

Un demi-sourire passe sur ses lèvres. Elle demande: «Cela vous choque de travailler sous les ordres d'une fille?»

---

pénombre, *f. semidarkness* esquisser *to sketch, to attempt* aveugle *blind* désinvolte *casual* le col relevé *turned up collar* figé *motionless* cire, *f. wax* annonce (*or* petite annonce), *f. ad, classified ad* sourd et muet *deaf mute* à grand peine *with great difficulty*

EXERCICES

Révision grammaticale utile à la bonne assimilation du texte: Les verbes du premier groupe, au présent

A. COMPRÉHENSION GÉNÉRALE

a. *Répondez aux questions sans reproduire le texte exact.*

Exemple
Est-ce que cette histoire commence le matin ou le soir?

Elle commence le soir.

1. Le narrateur est-il en avance ou en retard?
2. Quel est le nom codé du narrateur?
3. Où a lieu le rendez-vous?
4. Quel bruit entend-on dans ce hangar?
5. Nommez trois objets dans ce hangar, et donnez des termes pour les décrire.
6. Quel costume porte Djinn?
7. Que savez-vous sur Djinn: apparence? voix? accent? nationalité?
8. Pourquoi *Boris* est-il à ce rendez-vous?

Expression non-verbale de votre compréhension

(Pour les gens qui aiment s'exprimer sans paroles).

b. *Montrez par une attitude, un geste, un mouvement, etc., ce que veut dire pour vous:*

1. Écoutant avec attention / 2. Je distingue avec difficulté / 3. Debout, les deux mains dans les poches / 4. Il s'appuie d'une épaule contre le mur. / 5. Le col de son trench-coat est relevé. / 6. Le bord de son chapeau est rabattu sur le front. / Ma surprise est très forte. / 7. Un demi-sourire passe sur ses lèvres.

B. VOCABULAIRE

Complétez les phrases suivantes par un de ces termes:

a.
les lèvres	un sourire	une teinte	la poussière
la ferraille	les vitres	une flaque	une cuve
un robinet	une goutte	l'oreille	la serrure
la rouille			

1. On met la clé dans _____ .
2. Votre _____ enregistre les bruits.
3. Il y a un _____ d'eau chaude et un autre d'eau froide.

4. Après la pluie, il y a des _____ d'eau par terre.
5. La partie transparente d'une fenêtre est formée par _____ .
6. Passez l'aspirateur: Il y a de _____ par terre.
7. La _____ dévore les métaux ferreux.
8. Chaque couleur a plusieurs nuances, ou _____ .
9. Les _____ bougent quand on parle.
10. Des objets de métal vieux et abandonnés, c'est de _____ .
11. Une très petite quantité de liquide, c'est _____ .
12. Une personne qui a un charmant _____ paraît souvent jolie.
13. Dans une _____ il y a une quantité d'eau, de vin, ou d'un autre liquide.

b. aveugle   terne   sourd   muet
    crasseux   désinvolte   proche

1. Le contraire d'une couleur vive, c'est une couleur _____ .
2. La personne qui ne voit pas est _____ .
3. Une femme qui ne parle pas et n'entend pas est _____ et _____ . (Attention à l'accord de ces adjectifs.)
4. Un vêtement ou un objet très sale est _____ .
5. Le contraire d'un endroit lointain, c'est un endroit _____ .
6. Avec vos supérieurs, vous êtes respectueux, vous n'êtes pas _____ .

c. presque   de nouveau   à grand'peine   hors d'usage

1. Répéter quelque chose, c'est le dire _____ .
2. Je n'ai pas complètement fini, mais j'ai _____ fini. Donnez-moi cinq minutes.
3. Quand un travail est difficile, vous le faites _____ , mais avec courage.
4. Quand vos vêtements sont _____ les donnez-vous à l'Armée du Salut?

C. GRAMMAIRE: Les verbes du premier groupe

Répondez brièvement aux questions suivantes, en employant le verbe de la question:

1. À quelle heure *arrive-t-il?*
2. Comment *entre-t-il?*
3. Qu'est-ce que son oreille *enregistre?*
4. Quels objets *distingue-t-il?*
5. Qui *remarque-t-il?*
6. Contre quoi *s'appuie* cet homme?
7. *Prononce-t-on* le nom Jean ou Djinn?
8. Est-ce qu'elle *rectifie* l'appellation de «monsieur»?
9. L'*accepte-t-elle?*
10. Qu'est-ce que *«Boris» dissimule?*
11. Pourquoi *articule-t-il* avec netteté?

D. EXPRESSION PERSONNELLE.

Travail collectif à faire en classe.

Nous vous donnons le commencement. Chaque étudiant, à son tour, ajoute une autre phrase pour continuer le récit. Il est préférable de ne pas regarder le texte.

Une drôle d'annonce! *Boris,* dans un café, raconte à un copain son aventure récente. Il commence:

> «Eh bien, mon vieux, c'est une drôle d'histoire! Je réponds à une annonce dans un journal, parce que j'ai besoin de travail, et. . . .»

Continuez.

Il y a du défi° dans le ton de sa phrase. Mais je décide aussitôt de jouer le jeu. «Non, monsieur, dis-je, au contraire.» De toute façon,° je n'ai pas le choix.

Djinn n'a pas l'air pressée de parler davantage. Elle m'observe avec attention, sans complaisance.° Elle porte peut-être sur mes capacités un jugement défavorable. Je redoute le verdict, qui vient en fin d'examen: «Vous êtes assez joli garçon,° dit-elle, mais vous êtes trop grand pour un Français.»

J'ai envie de rire. Cette jeune étrangère n'est pas en France depuis longtemps, je suppose, et elle arrive avec des idées toutes faites. «Je suis français», dis-je en guise de justification. «La question n'est pas là», répond-elle après un léger silence.

Elle parle français avec un léger accent, qui a beaucoup de charme. Sa voix chantante et son aspect androgyne évoquent, pour moi, l'actrice Jane Frank. J'aime Jane Frank. Je vais voir tous ses films. Hélas, comme dit «monsieur» Djinn: la question n'est pas là.

Nous restons ainsi, à nous étudier, quelques minutes encore. Mais il fait de plus en plus sombre. Pour masquer ma gêne,° je demande: «Où est donc la question?»

Détendue° pour la première fois, semble-t-il, Djinn esquisse le délicieux sourire de Jane. «Il va être nécessaire pour vous, dit-elle, de passer inaperçu dans la foule.»

J'ai très envie de lui renvoyer son sourire, accompagné d'un compliment sur sa personne. Je n'ose pas: elle est le chef. Je me contente de plaider ma cause: «Je ne suis pas un géant.» En fait, j'ai à peine un mètre quatre-vingts, et elle même n'est pas petite.

Elle me demande d'avancer vers elle. Je fais cinq pas° dans sa direction. De plus près, son visage a une pâleur étrange, et une immobilité de cire. J'ai presque peur de m'approcher plus. Je regarde sa bouche ...

«Encore», dit-elle. Cette fois, il n'y a pas de doute: ses lèvres ne bougent pas quand elle parle. Je fais un pas de plus et je pose la main sur sa poitrine.°

---

défi, *m. challenge*   de toute façon *any way, in any case*   complaisance, *f. kindness;* sans—, *unkindly*   assez ... garçon *rather good-looking guy* gêne, *f. embarrassement*   Détendue *Relaxed*   pas, *m. step* poitrine, *f. chest*

Ce n'est pas une femme, ni un homme. J'ai devant moi un mannequin en matière plastique pour vitrine de mode.° L'obscurité explique mon erreur. Le joli sourire de Jane Frank est à porter au crédit de ma seule imagination.

«Touchez encore, si ça vous fait plaisir», dit avec ironie la voix charmeuse de «monsieur» Djinn, soulignant le ridicule de ma situation. D'où vient cette voix? Les sons ne sortent pas du mannequin lui-même, c'est probable, mais d'un haut-parleur dissimulé juste à côté.

Ainsi, je suis surveillé par quelqu'un d'invisible. C'est très désagréable. J'ai la sensation d'être maladroit, menacé, fautif.° La fille qui me parle est, aussi bien, assise à plusieurs kilomètres; et elle me regarde, comme un insecte dans un piège,° sur son écran de télévision. Je suis sûr qu'elle se moque de moi.

«Au bout de l'allée centrale, dit la voix, il y a un escalier. Vous montez au deuxième étage. Les marches° ne vont pas plus haut.» Heureux de quitter ma poupée sans vie, j'exécute ces instructions avec soulagement.

Arrivé au premier étage, je vois que l'escalier s'arrête là. C'est donc un second étage à l'américaine. Cela me confirme dans mon opinion: Djinn n'habite pas en France.

Je suis maintenant dans une sorte de vaste grenier,° qui ressemble tout à fait au rez-de-chaussée: mêmes vitres sales et même disposition des allées parmi les empilements d'objets en tous genres. Il fait juste un peu plus clair.

Je tourne mes regards à droite et à gauche, à la recherche d'une présence humaine dans ce fouillis° de carton, de bois et de fer.

Soudain, j'ai la troublante impression d'une scène qui se répète, comme dans un miroir: en face de moi, à cinq ou six pas, se dresse le même personnage immobile, avec son imperméable à col relevé, ses lunettes noires et son chapeau de feutre à bord rabattu sur le front, c'est-à-dire un second mannequin, reproduction exacte du premier, dans une posture identique.

---

vitrine de mode, *f. show window*
threatened, guilty   piège   *trap*
grenier, *m. loft*   fouillis, *m. mess*

maladroit, menacé, fautif *clumsy,*
marche, *f. steps (of stairs)*

Je m'approche, à présent, sans hésiter; et j'allonge le bras en avant . . . Par bonheur, j'arrête à temps mon geste: la chose vient de sourire, et ici de façon incontestable, si je ne suis pas fou. Ce faux mannequin de cire est une vraie femme.

EXERCICES

A. COMPRÉHENSION GÉNÉRALE

a. Répondez aux questions sans reproduire le texte exact.

1. Comment Djinn trouve-t-elle *Boris*?
2. *Boris* est grand. Est-ce un avantage ou un désavantage? Pourquoi?
3. Quelle est sa taille? Êtes-vous plus grand(e) ou plus petit(e)?
4. Djinn est-elle une vraie personne?
5. Quelle est la sensation de *Boris* quand il comprend qu'il est surveillé par quelqu'un d'invisible?
6. Où la voix de Djinn demande-t-elle à *Boris* d'aller?
7. Arrivé là, qui voit-il?
8. Comment détermine-t-il que cette fois, ce n'est pas un mannequin?

Expression non-verbale de votre compréhension

(Pour les gens qui aiment s'exprimer sans paroles).

b. Montrez par une attitude, un geste, une expression ce que veut dire pour vous:

1. Elle m'observe avec attention, sans complaisance. / 2. Elle esquisse un délicieux sourire. / 3. Ses lèvres ne bougent pas. / 4. J'ai l'impression désagréable d'être surveillé par quelqu'un d'invisible. / 5. Montez l'escalier. / 6. J'allonge le bras en avant. / 7. J'ai presque peur.

B. VOCABULAIRE

Complétez les phrases suivantes par un de ces termes:

a.

un défi	la gêne	l'immobilité	la cire
le visage	la poitrine	une vitrine	l'obscurité
une méprise	un haut-parleur	un piège	un écran
des marches			

1. Un _____ est un instrument qui sert à capturer les animaux. (Ou même les personnes, au sens figuré.)
2. La _____ est une substance produite par les abeilles.
3. Vous êtes intelligent(e). Donc, une question difficile représente un _____ pour vous.
4. Les gens qui n'ont pas de bonnes manières sont souvent sans _____ .
5. Le contraire du mouvement, c'est _____ .
6. Un autre terme pour "la figure," c'est _____ .

7. Un escalier est composé d'un certain nombre de _____ .
8. On projette un film sur _____ .
9. Une erreur assez importante c'est _____ .
10. Les sons sont amplifiés par _____ .
11. Les _____ d'un magasin montrent les objets les plus intéressants au public.
12. Le coeur et les poumons sont dans _____ .
13. Quand il n'y a pas de lumière, on est dans _____ .

b. avoir l'air   avoir envie   je n'ose pas
    je me contente de   je pose   je suis surveillé
    j'ai l'impression de   je ne suis pas fou

1. Je suis complètement raisonnable: Je _____ .
2. Souvent, dans un rêve, j' _____ tomber, ou de voler.
3. Je prends une chaise, et _____ mes affaires sur la table.
4. Moi, j'ai envie de partir en voyage. Et vous, de quoi _____ ?
5. Je suis timide. Souvent, je _____ parler.
6. J'aimerais avoir des aventures, mais je _____ d'une vie ordinaire.
7. *Boris* pense: «C'est très désagréable. Je _____ par quelqu'un que je ne vois pas.»
8. Est-ce que Djinn _____ d'un mannequin ou d'une femme?

C. GRAMMAIRE

Complétez la phrase par le mot correct:

1. Je décide _____ jouer le jeu.
2. J'entre _____ le hangar.
3. Je n'ai pas _____ choix.
4. Elle n'est pas en France _____ longtemps.
5. J'aime _____ films français.
6. Djinn? J'ai très envie de _____ parler et de _____ toucher.
7. Elle me demande d'avancer _____ elle.
8. Ce n'est pas une femme, _____ un homme: c'est un mannequin.
9. Touchez si ça vous _____ plaisir.
10. J'ai envie _____ changer de décor.

D. EXPRESSION PERSONNELLE

1. Quels sont les éléments de surprise dans ce chapitre?

2. Quelle impression avez-vous après avoir lu ces premières pages?

Elle tire la main gauche de sa poche, et, d'un mouvement très lent, elle lève son bras pour écarter le mien, demeuré en l'air sous l'effet de la surprise.

«Touche pas, dit-elle, c'est miné.°» La voix est bien la même, avec le même attrait sensuel et le même accent bostonien; sauf que, désormais,° elle me tutoie° avec une parfaite impertinence.

«Excuse-moi, dis-je, je suis un idiot.» Elle retrouve aussitôt son ton sévère et sans réplique: «Pour la bonne règle, dit-elle, tu es toujours obligé de me dire vous.»

«O.K.», dis-je sans abandonner mon apparente bonne humeur. Pourtant, toute cette mise en scène commence à m'agacer.° Djinn le fait sans doute exprès,° car elle ajoute, après un instant de réflexion: «Et ne dis pas O.K., c'est très vulgaire, surtout en français.»

J'ai hâte de terminer cette entrevue déplaisante: je n'ai rien à espérer, après un tel accueil.° Mais, en même temps, cette jeune fille insolente exerce sur moi une trouble fascination. «Merci, dis-je, pour les leçons de français.»

Comme devinant mes pensées, elle dit alors: «Impossible pour toi de nous quitter. C'est trop tard, la sortie est gardée. Je te présente Laura, elle est armée.»

Je me retourne vers l'escalier. Une autre fille, exactement dans le même costume, avec lunettes noires et chapeau mou, est là, en haut des marches, les mains enfoncées dans les poches de son imperméable.

La position de son bras droit et la déformation de sa poche donnent un air assez vraisemblable à la menace: cette jeune personne braque° sur moi un revolver, de fort calibre, dissimulé par le tissu . . . Ou bien elle fait semblant°.

«Hello, Laura. Comment allez-vous?» dis-je dans mon meilleur style de trileur° sobre. «Comment allez-vous», affirme-t-elle

C'est miné *(literally: It's mined). An idiomatic expression of caution*
désormais *henceforth, from now on*   elle me tutoie *She addresses me in the informal familiar «tu» form. (Equals may, and often will tutoyer each other, but here Djinn wants to make it clear that she is the boss and Boris is a subaltern.)*   m'agacer *annoy me, get on my nerves*   exprès, *on pupose*   accueil, *m. welcome*   braque *points*   elle fait semblant *she pretends*   trileur, *m. French spelling and pronunciation for «thriller». (Boris wants to underplay the scene in the best understated style of a James Bond or Humphrey Bogart)*

en écho, d'une manière toute anglo-saxonne. Elle est sans grade dans l'Organisation, puisqu'elle me vouvoie.°

Une idée absurde passe dans ma tête: Laura n'est que le mannequin inanimé du rez-de-chaussée, qui, montant les marches à ma suite, se trouve de nouveau en face de moi.

En vérité, les filles ne sont plus comme autrefois. Elles jouent aux ganstères,° aujourd'hui, comme des garçons. Elles organisent des rakètes.° Elles font des holdeupes° et du karaté. Elles violent° les adolescents sans défense. Elles portent des pantalons . . . La vie n'est plus possible.

Djinn estime probablement que des explications sont nécessaires, car elle entame,° à ce moment, un plus long discours: «Tu pardonnes, j'espère, nos méthodes. Nous sommes dans l'obligation absolue de travailler comme ça: faire attention aux ennemis éventuels, surveiller la fidélité des nouveaux amis; bref, opérer toujours avec les plus grandes précautions, comme tu viens de voir.»

Puis, après une pause, elle continue: «Notre action est secrète, par nécessité. Elle comporte pour nous des risques importants. Tu vas nous aider. Nous allons te donner des instructions précises. Mais nous préférons (du moins au début) ne te révéler ni le sens particulier de ta mission, ni le but° général de notre entreprise. Cela pour des raisons de prudence, mais aussi d'efficacité.»

Je lui demande ce qui se passe si je refuse. En fait, elle ne me laisse pas d'alternative: «Tu as besoin d'argent. Nous payons. Donc tu acceptes sans discuter. Inutile de poser des questions ou de faire des commentaires. Tu fais ce que nous demandons et c'est tout.»

J'aime la liberté. J'aime être responsable de mes actes. J'aime comprendre ce que je fais . . . Et, cependant, je donne mon accord à ce marché bizarre.

---

elle me vouvoie *she addresses me in the formal, distant* vous *form. (The author is giving here, among other things, an excellent lesson in the subtle art of using the French* tu *and* vous.*)* ganstères, *and* rakètes, holdeupes *Spelling corresponding to the French pronunciation of words now accepted in idiomatic French conversation: gangsters, rackets, holdups.* Elles violent *They rape* elle entame *she breaks into, she starts* but, *m. goal*

Ce n'est pas la peur de ce revolver imaginaire, qui me pousse, ni un si vif° besoin d'argent . . . Il y a beaucoup d'autres moyens pour gagner sa vie, quand on est jeune. Alors, pourquoi? Par curiosité? Par bravade? Ou pour un motif plus obscur?

De toute façon, si je suis libre, j'ai le droit° de faire ce que j'ai envie de faire, même contre ma raison.

«Tu penses quelque chose, que tu caches, dit Djinn.—Oui, dis-je.—Et c'est quoi?—C'est sans rapport avec le travail.»

Djinn ôte° alors ses lunettes noires, laissant admirer ses jolis yeux pâles. Puis, elle m'adresse, enfin, le ravissant sourire que j'espère depuis le début. Et, renonçant au tutoiement hiérarchique,° elle murmure de sa voix douce et chaude:

«Maintenant, vous dites ce que vous pensez.»

«La lutte des sexes, dis-je, est le moteur de l'histoire.°»

<hr>

vif (vive) *sharp, acute*   droit, *m. the right*   ôte *removes*   renonçant au tutoiement hiérarchique *abandoning the* tu *which indicates her position of command*   La lutte des sexes. . . . histoire *the author's variant on Marx's well-known phrase: the struggle of the classes is the motor of history*

EXERCICES

A. COMPRÉHENSION GÉNÉRALE

a. Répondez aux questions sans reproduire le texte exact.

1. Cette fois, est-ce un mannequin ou une vraie femme?
2. Comment Djinn parle-t-elle à *Boris?*
3. D'après Djinn, est-il correct de dire O.K. en anglais? Et en français?
4. Qui est Laura, et comment est-elle?
5. Qu'est-ce que Laura a, probablement, dans sa poche?
6. Expliquez le terme «trileur sobre». Pourquoi *Boris* prend-il cette attitude? Qui imite-t-il, probablement?
7. Pourquoi, d'après *Boris*, la vie n'est-elle plus possible?
8. Est-ce que le travail qu'on demande à *Boris* de faire est très clairement expliqué?
9. *Boris* est-il obligé d'accepter?
10. Pourquoi accepte-t-il?

Expression non-verbale de votre compréhension

b. Montrez par un geste, une attitude, l'expression de votre visage, ce que cette phrase veut dire pour vous:

1. Elle tire sa main gauche de sa poche. / 2. Elle lève le bras. / 3. Je me retourne vers l'escalier. / 4. Elle braque sur moi un revolver, dissimulé par le tissu. / 5. Je prends mon style de trileur sobre. / 6. Cette scène commence à m'agacer. / 7. Elle ôte ses lunettes noires. / 8. Elle m'adresse un ravissant sourire.

Questions culturelles

Qui tutoie-t-on? Et à qui dit-on *vous?* En général, on tutoie les gens avec qui on a des rapports familiers et qui sont vos égaux. On dit *vous* aux gens plus âgés, à ses supérieurs, aux gens qu'on ne connaît pas, et aussi, simplement, pour marquer la distance entre soi et l'autre. C'est assez compliqué. Mais essayez de décider si vous direz *tu* ou *vous*.

1. *Tu es / Vous êtes* fou! (à votre frère)
2. Comment *vas-tu / allez-vous?* (à la mère de votre copain)
3. Je *te / vous* présente Jacqueline. (à votre meilleur ami)
4. *Donne*-moi / *Donnez*-moi un café noir. (à un garçon de café)
5. Je voudrais *vous / te* demander un renseignement. (à un monsieur dans la rue)

6. *Aimes-tu / Aimez-vous* ce film? (à la fille qui est à côté de vous)
7. *Tu* nous *donnes / Vous* nous *donnez* trop de travail. (au professeur)
8. *As-tu / Avez-vous* l'horaire des avions? (à l'employé de l'aéroport)
9. Ne *joue* pas / Ne *jouez* pas avec des allumettes. (à un enfant)
10. *Vous vous trompez / Tu te trompes.* (à un agent de police)
11. *Ta / Votre* cuisine est délicieuse! (à votre mère)
12. *Reste / Restez* ici. Ne *fais / faites* pas de bruit. (à votre chien)

B. VOCABULAIRE

a. Employez chacun de ces verbes à son sens correct et à la forme correcte:

lever	demeurer	agacer	deviner
braquer	appuyer	vouvoyer	violer
entamer	pousser	renoncer	tutoyer

1. Si vous savez la réponse, _____ la main.
2. « _____ à l'alcool, au tabac et au sucre», dit le médecin.
3. Les circonstances nous _____ souvent à faire ce que nous n'avons pas envie de faire.
4. Djinn regarde *Boris* un moment avant d' _____ son discours.
5. Les filles qui _____ les adolescents sans défense sont-elles criminelles?
6. En France, on _____ ses copains, mais on _____ ses supérieurs.
7. «Je n'aime pas _____ longtemps au même endroit. J'aime changer.»
8. Je ne sais pas ce que vous allez me dire, mais je pense que je le _____ .
9. Il est toujours dangereux de _____ une arme chargée.
10. Tu as sommeil? _____ ta tête contre mon épaule.
11. Quand tu es nerveux et fatigué, tout t' _____ .

b. Quelques expressions idiomatiques. Quelle est la résponse correcte?

1. Quand vous faites quelque chose exprès, est-ce un accident?
2. Quand vous faites semblant de travailler, faites-vous beaucoup de travail?
3. Si vous faites attention, êtes-vous prudent ou imprudent?
4. Si vous venez d'arriver, êtes-vous là depuis longtemps?

C. EXPRESSION PERSONNELLE

1. Résumez en dix phrases le premier chapitre.

2. Expliquez les leçons de culture française que Djinn donne à *Boris.*

3. À votre avis, est-ce que les filles sont encore comme autrefois, ou bien ont-elles changé? Est-ce un changement pour le mieux? Pourquoi le paragraphe «En vérité, les filles ne sont plus comme autrefois. . . .» est-il drôle?

4. Y a-t-il un moment érotique dans ce chapitre?

5. Pourquoi *Boris* accepte-t-il ce travail? A-t-il peur du revolver de Laura?

6. Imaginez que vous êtes *Boris.* Que faites-vous, à sa place?

7. «Vous avez toujours le droit de faire ce que vous voulez». Est-ce vrai ou faux? Pourquoi?

2

Quand je suis de nouveau seul, marchant d'un pas vif dans les rues, maintenant vivement éclairées par les lampadaires° et les vitrines des magasins, je constate en moi un changement d'humeur° important: une allégresse° toute nouvelle fait danser mon corps, agite mes pensées, colore les moindres choses autour de moi. Ce n'est plus la légèreté d'esprit, vague et indifférente, de ce matin, mais une sorte de bonheur, et même d'enthousiasme, sans raison définie . . .

Sans raison vraiment? Pourquoi ne pas l'avouer? Ma rencontre avec Djinn est la cause, évidemment, de cette transformation remarquable et soudaine. À chaque instant, à propos de tout et de rien, je pense à elle. Et son image, sa silhouette, son visage, ses gestes, sa façon de bouger,° son sourire enfin, sont beaucoup trop présents dans ma tête: mon travail n'exige certainement pas de porter tant d'attention à la personne physique de mon employeur.

---

les lampadaires, *m. the street lights*   humeur, *f. mood*   allégresse, *f. joy, alacrity*   sa façon de bouger *the way she moves*

Je regarde les boutiques (assez laides dans ce quartier), les passants, les chiens (d'habitude, je déteste les chiens) avec amusement, avec bienveillance.° J'ai envie de chanter, de courir. Je vois de la gaieté sur toutes les figures.° D'ordinaire, les gens sont bêtes° et tristes. Aujourd'hui, ils ont été touchés par une grâce inexplicable.

Mon nouvel emploi est certes plaisant: il a un goût d'aventure. Mais il a quelque chose de plus: un goût d'aventure amoureuse ... J'ai toujours été romanesque° et chimérique, c'est certain. Il importe donc, ici, de faire très attention. Mon imagination trop vive risque d'entraîner des erreurs dans mes jugements, et même de lourdes bêtises° dans mes actions.

Brusquement, un détail oublié remonte dans ma mémoire: je suis supposé passer inaperçu. Djinn l'a dit, et répété plusieurs fois avec insistance. Or, je fais exactement le contraire: tout le monde remarque sans aucun doute ma joyeuse exaltation. Celle-ci, du coup, retombe de plusieurs degrés.

J'entre dans un café, et je commande un expresso noir. Les Français n'aiment que le café italien; le café «français» n'est pas assez fort. Mais le plus mauvais de tous, pour eux, est le café américain ... Pourquoi est-ce que je pense à l'Amérique? À cause de Djinn, encore une fois! Cela commence à m'agacer.°

Paradoxe: pour ne pas être remarqué, en France, on demande un express italien. Est-ce que cela existe «les Français», ou «les Américains»? Les Français sont comme ça ... Les Français mangent ceci, et pas cela ... Les Français s'habillent de cette façonci, ils marchent de cette manière-là ... Pour manger, oui, c'est peut-être encore vrai, mais de moins en moins. Au-dessus du comptoir, il y a la liste des prix, affichée au mur; je lis: *hot-dog, pizza, sandwiches, rollmops,° merguez°* ...

Le garçon apporte une petite tasse de liquide très noir, qu'il dépose sur la table devant moi, avec deux morceaux de sucre enveloppés ensemble dans du papier blanc. Ensuite, il s'en va, em-

avec bienveillance *with kind interest*   les figures, *f. the faces*   bête *dumb, stupid*   romanesque *romantic*   des bêtises *dumb, stupid things*   agacer *annoy, exasperate*   rollmops, *m.pl. (word of German origin) marinated herring fillets rolled over a piece of pickle and fastened with a toothpick*   merguez, *m.pl. (word of Arabic origin) a spicy hot link sausage. It was introduced in France by the North Africans now living there, and it is commonly available, grilled, in bars, as a snack.*

portant au passage un verre sale, qui était resté sur une autre table.

Je découvre alors que je ne suis pas le seul client, dans ce bistrot qui, pourtant, était vide quand je suis entré. J'ai une voisine, une étudiante apparemment, vêtue d'une veste rouge et plongée dans la lecture d'un gros livre de médecine.

Tandis que je l'observe, elle semble deviner mon regard posé sur elle, et lève les yeux dans ma direction. Je pense ironiquement: ça y est, j'aurai un mauvais point, je me suis fait remarquer! L'étudiante me contemple en silence, longuement, comme sans me voir. Puis elle ramène les yeux vers son livre.

Mais, quelques secondes plus tard, elle m'examine à nouveau et, cette fois, elle dit d'un ton neutre, avec une sorte d'assurance tranquille: «Il est sept heures cinq. Vous allez être en retard.» Elle n'a même pas consulté sa montre. Je regarde la mienne machinalement. Il est en effet sept heures cinq. Et j'ai rendez-vous à sept heures et quart à la gare du Nord.

Ainsi, cette jeune fille est une espionne, placée par Djinn sur ma route pour surveiller mon sérieux professionel.° «Vous travaillez avec nous?» dis-je, après un instant de réflexion. Puis, comme elle demeure muette, je demande encore: «Comment êtes-vous si bien renseignée à mon sujet? Vous savez qui je suis, où je vais, ce que j'ai à faire, et à quelle heure. Vous êtes donc une amie de Djinn?»

Elle me considère avec une attention froide, sans doute aussi avec sévérité, car à la fin elle déclare: «Vous parlez trop.» Et elle replonge le nez dans son travail. Trente secondes plus tard, sans quitter sa lecture, elle prononce quelques mots, assez lentement, comme pour elle-même. Elle a l'air de déchiffrer° un passage difficile de son livre: «La rue que vous cherchez est la troisième à droite, en continuant sur l'avenue.»

En vérité, cet ange gardien a raison: si je reste à discuter, je serai en retard. «Je vous remercie», dis-je, en marquant mon indépendance par un salut exagérément pompeux. Je me lève, je vais jusqu'au comptoir, je paie ma consommation° et je pousse la porte vitrée.

---

mon sérieux professionnel *my professional dedication*   déchiffrer *to decipher*   consommation, *f. a drink in a café*

Une fois de l'autre côté, je jette un coup d'oeil en arrière, vers la grande salle brillamment illuminée, où il n'y a personne d'autre que la jeune fille à la veste rouge. Elle ne lit plus. Elle a refermé le gros volume, sur sa table, et elle me suit des yeux sans montrer aucune gêne, d'un air calme et dur.

Malgré mon envie de faire le contraire, pour signifier ma liberté, je continue sagement° mon chemin dans la bonne direction, sur l'avenue, parmi la foule des hommes et des femmes qui rentrent du travail. Ils ont cessé d'être insouciants° et sympathiques. Désormais, je suis persuadé que tous me surveillent. Au troisième croisement, je tourne à droite, dans une ruelle déserte et sombre.

⊢══⊣

sagement *obediently*   insouciant *careless*

EXERCICES

Révision grammaticale utile à la bonne assimilation du texte: Les verbes du Premier Groupe.

A. COMPRÉHENSION GÉNÉRALE

a. Répondez à chaque question sans reproduire le texte.

1. Pourquoi l'humeur de *Boris* a-t-elle changé?
2. Comment le monde autour de lui semble-t-il différent?
3. Pourquoi *Boris* pense-t-il constamment à l'Amérique?
4. Comment *Boris* décrit-il sa propre personnalité? Expliquez ce que ces termes veulent dire.
5. Pourquoi, aujourd'hui, est-il difficile de faire des remarques d'ordre général sur «les Français», ou «les Américains»?
6. De quelle origine sont les plats affichés sur le mur: *hot-dog, pizza, sandwiches, rollmops, merguez?*
7. *Boris* est-il seul dans ce café?
8. Pourquoi va-t-il être en retard?

b. Quelle est la phrase qui correspond correctement au sens du texte?

1. Les rues sont dans la pénombre. / Les rues sont illuminées.
2. Il est heureux sans raison définie. / Il est heureux à cause de sa rencontre un peu plus tôt.
3. Aujourd'hui, il regarde les chiens avec complaisance. / Aujourd'hui, il regarde les chiens sans bienveillance.
4. *Boris* est pratique et réaliste. / *Boris* est romanesque et rêveur.
5. Si vous commandez un café italien en France, on vous remarque. / On ne vous remarque pas.
6. Il connaît cette étudiante en veste rouge. / Il ne sait pas qui est cette étudiante en veste rouge.
7. Le café est servi avec du sucre en poudre. / avec du sucre en morceaux.
8. Il faut au moins dix minutes pour aller à la gare du Nord. / La gare du Nord est de l'autre côté de Paris.

B. VOCABULAIRE

a. Complétez chaque phrase par le nom approprié:

lampadaire	allégresse	légèreté
bienveillance	bêtise	façon
manière	espion / espionne	voisin / voisine

1. James Bond est le personnage d'un _____ international. Mata-Hari était une _____ célèbre au moment de la Première Guerre Mondiale.
2. La _____ est le contraire de l'intelligence.
3. La _____ est le contraire de la lourdeur.

4. La _____ est synonyme de *la complaisance,* et le contraire de la malveillance.
5. Il y a généralement plusieurs _____ , ou _____ de faire la même chose.
6. La joie et le bonheur se manifestent par un sentiment d(e) _____ .
7. Les rues sont éclairées par des _____ .
8. La personne qui est près de vous, ou qui habite près de chez vous, est votre _____ si c'est un homme, votre _____ si c'est une femme.

b. quelques verbes et leur sens.

constater	**avouer**	**penser**	**exiger**
commander	**manger**	**emporter**	**renseigner**

1. Admettre que vous avez fait quelque chose, c'est l' _____ .
2. Sur une carte postale, on écrit: «Je _____ vous» (Employez le verbe *et* la préposition correcte).
3. Quand nous demandons quelque chose sans accepter de refus, nous _____ cette chose.
4. «Nous _____ bien en France, parce que notre cuisine est excellente», disent les Français.
5. Dans un café, tu _____ quelque chose à boire. C'est une consommation.
6. Tu pars en voyage? N(e) _____ pas trop de bagages!
7. Dans une agence de voyages, on vous _____ sur les possibilités de voyages.
8. Vérifier l'existence d'un fait, c'est _____ ce fait.

C. EXPRESSION PERSONNELLE

1. Supposez que vous venez de rencontrer un homme ou une femme qui vous intéresse beaucoup. En vous inspirant des émotions de *Boris,* racontez comment vous vous sentez changé et comment le monde a changé autour de vous:
Vous éprouvez un sentiment de _____ ? Le temps vous semble _____ ? Les rues sont _____ ? Les gens ont l'air _____ ? Les boutiques sont _____ ? Vous pensez constamment _____ ? D'habitude, vous détestez les _____ , mais aujourd'hui, vous les regardez avec _____ , etc.

2. Qui est cette étudiante? Qui l'a placée là? Comment pouvait-on deviner que *Boris* allait entrer dans ce café? (Note: Évidemment, vous ne le *savez* pas, mais essayez de formuler une hypothèse.)

Dépourvue de toute circulation automobile comme de voitures en stationnement, éclairée seulement de loin en loin par des réverbères désuets° à la lueur jaunâtre et vacillante, abandonnée—semble-t-il—par ses habitants eux-mêmes, cette modeste rue secondaire forme un contraste total avec la grande avenue que je viens de quitter. Les maisons sont basses (un étage au plus°) et pauvres, sans lumières aux fenêtres. Il y a surtout ici, d'ailleurs, des hangars et des ateliers. Le sol est inégal, revêtu de pavés à l'ancienne mode, en très mauvais état, gardant des flaques d'eau sale dans les parties creuses.

J'hésite à pénétrer plus avant dans cette voie étroite et allongée, qui ressemble fort à une impasse:° malgré la demi-obscurité, je distingue une muraille sans ouverture bouchant apparemment l'autre extrémité. Cependant, une plaque bleue, à l'entrée, porte un nom de rue véritable, c'est-à-dire à double issue: «Rue Vercingétorix III».° J'ignorais l'existence d'un troisième Vercingétorix, et même celle d'un second . . .

À la réflexion, il y a peut-être un passage, au bout, vers la droite ou vers la gauche. Mais l'absence totale de voitures est inquiétante. Suis-je vraiment sur le bon chemin? Mon idée était de passer par la rue suivante, qui m'est familière. Je suis sûr qu'elle mène à la gare de façon presque aussi rapide. C'est l'intervention de l'étudiante en médecine qui m'a entraîné dans ce prétendu° raccourci.

Le temps presse. Mon rendez-vous à la gare du Nord est, à présent, dans moins de cinq minutes. Cette ruelle° perdue peut représenter une économie appréciable. Elle est, en tout cas, commode pour avancer vite: aucun véhicule ou piéton ne dérange la marche, et il n'y a pas non plus de croisements latéraux.

Le risque étant accepté (un peu au hasard, hélas), il reste à poser les pieds avec soin sur les parties praticables de la chaussée° sans trottoir ou je fais les plus grandes enjambées° possibles. Je vais si vite, que j'ai l'impression de voler, comme dans les rêves.

---

réverbères désuets, *m. old-fashioned street lights*   au plus *at most*
impasse, *f. dead-end street*   Vercingétorix *Early hero of French history. He led the resistance against the Roman invasion, won some victories, but was eventually defeated. There is, indeed, a rue* Vercingétorix *in Paris, but of course, there is only one, and there is no Vercingétorix II or III.*   prétendu *so-called*   ruelle, *f. narrow back street, alley*   chaussée, *f. pavement*   enjambées, *f.* (lit.: *leg span*) *steps*

J'ignore, pour le moment, le sens exact de ma mission: elle consiste seulement à repérer° un certain voyageur (j'ai sa description précise en tête), qui arrive à Paris par le train d'Amsterdam, à 19 heures 12. Ensuite, une filature° discrète du même personnage mènera jusqu'à son hôtel. C'est tout pour l'instant. J'espère savoir bientôt la suite.

Je ne suis pas encore arrivé au milieu de l'interminable rue, quand, tout à coup, un enfant fait irruption à dix mètres devant moi. Il vient d'une des maisons de droite, qui est un peu plus haute que ses voisines, et traverse la chaussée avec toute la vitesse de ses jeunes jambes.

En pleine course, il trébuche° sur un pavé saillant et tombe dans une flaque de boue noirâtre. Il n'a pas crié. Il ne bouge plus, étalé de tout son long sur le ventre, les bras en avant.

En quelques enjambées, je suis près du petit corps immobile. Je le retourne avec précaution. C'est un garçon d'une douzaine d'années, vêtu de façon bizarre: comme un gamin du siècle dernier, avec un pantalon serré au-dessous des genoux par un genre de chausses,° et une blouse vague,° assez courte, sanglée° à la taille au moyen d'une large ceinture en cuir.

Il a les yeux grands ouverts; mais les prunelles° sont fixes. La bouche n'est pas fermée, les lèvres tremblent légèrement. Les membres sont mous et inertes, ainsi que le cou, et tout le corps pareil à une poupée de chiffon.°

Par chance, il n'est pas tombé dans la boue, mais juste au bord de ce trou d'eau sale. Celle-ci, observée de plus près, semble visqueuse, d'un brun presque rouge et non pas noire. Une angoisse incompréhensible pénètre en moi brusquement. La couleur de ce liquide inconnu me fait-elle peur? Ou bien quoi d'autre?

Je consulte ma montre. Il est 7 heures 9. Je ne serai pas à la gare pour l'arrivée du train d'Amsterdam. Toute mon aventure, née ce matin, est donc déjà finie. Mais je suis incapable d'abandonner cet enfant blessé, même pour l'amour de Djinn . . . Tant pis! De toute façon, le train est manqué.

---

repérer *to spot*   filature, *f. following, tailing*   trébuche *stumbles*
des chausses, *f. knee socks*   une blouse vague *a loose smock*   sanglée
cinched   prunelle, *f. pupil of the eye*   une poupée de chiffon, *f. a rag
doll*

Une porte, sur ma droite, est grande ouverte. Le garçon vient de cette maison, sans aucun doute. Pourtant, il n'y a aucune lumière visible, à l'intérieur, ni au rez-de-chaussée ni à l'étage. Je soulève dans mes bras le corps du garçon. Il est d'une maigreur excessive, léger comme un oiseau.

Sous la clarté douteuse° du réverbère tout proche, je vois mieux son visage: il ne porte aucune blessure apparente, il est calme et beau, mais exceptionnellement pâle. Son crâne a probablement cogné° sur un pavé, et il demeure assommé° par le choc. Cependant, c'est en avant qu'il est tombé, bras étendus. La tête n'a donc pas heurté le sol.

Je passe le seuil de la maison, mon frêle fardeau° sur les bras. J'avance avec précaution dans un long couloir perpendiculaire à la rue. Tout est noir et silencieux.

Sans avoir rencontré d'autre issue—porte intérieure ou bifurcation—j'arrive à un escalier de bois. Il me semble apercevoir une faible lueur au premier étage. Je monte à pas lents, car j'ai peur de trébucher, ou de toucher quelque obstacle invisible avec les jambes ou la tête du gamin, toujours inanimé.

Sur le palier° du premier étage donnent deux portes. L'une est close, l'autre entr'ouverte. C'est de là que provient une vague clarté. Je pousse le battant avec mon genou et j'entre dans une chambre de vastes dimensions, avec deux fenêtres donnant sur la rue.

Il n'y a pas d'éclairage dans la pièce. C'est seulement la lumière des réverbères qui arrive de l'extérieur, par les vitres sans rideaux; elle est suffisante pour que je distingue le contour des meubles: une table en bois blanc, trois ou quatre chaises dépareillées,° au siège plus ou moins défoncé,° un lit de fer à l'espagnole et une grande quantité de malles, aux formes et tailles diverses.

Le lit comporte un matelas mais pas de draps, ni de couvertures. Je dépose l'enfant, avec toute la délicatesse possible, sur cette couche rudimentaire. Il est toujours sans connaissance, ne

clarté douteuse, *f. uncertain light*   cogné *hit*   assommé *knocked unconscious*   fardeau, *m. burden*   palier, *m. landing of the stairs*
battant (de la porte), *m. the door*   dépareillées *unmatched*   défoncé *with broken springs*

donnant aucun signe de vie, hormis° une très faible respiration. Son pouls est presque imperceptible. Mais ses grands yeux, restés ouverts, brillent dans la pénombre.

Je cherche du regard un bouton électrique, ou quelque chose d'autre pour donner de la lumière. Mais je ne vois rien de ce genre. Je remarque, alors, qu'il n'y a pas une seule lampe dans toute la pièce.

Je retourne jusqu'au palier et j'appelle, à mi-voix d'abord, puis plus fort. Aucune réponse ne parvient à mes oreilles. Toute la maison est plongée dans un silence total, comme abandonnée. Je ne sais plus quoi faire. Je suis abandonné moi-même, hors du temps.

Puis une idée soudaine ramène mes pas vers les fenêtres de la chambre: où allait l'enfant dans sa brève course? Il traversait la chaussée, d'un bord à l'autre, en droite ligne. Il habite donc peut-être en face.

Mais, de l'autre côté de la rue, il n'y a pas de maison: seulement un long mur de brique, sans aucune ouverture discernable. Un peu plus loin sur la gauche, c'est une palissade,° en mauvais état. Je reviens à l'escalier et j'appelle de nouveau, toujours en vain. J'écoute les battements de mon propre coeur. J'ai l'impression très forte, cette fois, que le temps est arrêté.

Un léger craquement, dans la chambre, me rappelle vers mon malade. Arrivé à deux pas du lit, j'ai un mouvement de stupeur, un recul instinctif: le garçon est exactement dans la même position que tout à l'heure, mais il a maintenant un grand crucifix posé sur la poitrine, une croix de bois sombre avec un christ argenté, qui va des épaules jusqu'à la taille.

Je regarde de tous les côtés. Il n'y a personne que le gamin étendu. Je pense donc d'abord que celui-ci est, lui-même, l'auteur de cette macabre mise en scène:° il simule l'évanouissement,° mais il bouge quand j'ai le dos tourné. J'observe de tout près son visage; les traits sont aussi figés que ceux d'une figure de cire, et le teint est aussi blafard.° Il a l'air d'un gisant° sur une tombe.

---

hormis *with the exception of*   palissade, *f. fence*   mise en scène, *f.*
stage setting   évanouissement, *m. fainting spell*   blafard *pale, livid*
gisant, *m. statue on a tomb showing the dead person lying supine*

À ce moment, relevant la tête, je constate la présence d'un deuxième enfant, debout au seuil de la chambre: une petite fille, âgée d'environ sept à huit ans, immobile dans l'encadrement° de la porte. Ses yeux sont fixés sur moi.

D'où vient-elle? Comment est-elle arrivée ici? Aucun bruit n'a signalé son approche. Dans la clarté douteuse, je distingue néanmoins nettement sa robe blanche, à l'ancienne mode, avec un corsage ajusté et une large jupe froncée,° bouffante mais assez raide, qui retombe jusqu'aux chevilles.°

«Bonjour, dis-je, est-ce que ta maman est là?»

La fillette continue à me regarder en silence. Toute la scène est tellement irréelle, fantomatique, pétrifiée, que le son de ma propre voix sonne étrangement faux pour moi-même, et comme improbable, dans cet espace frappé d'enchantement, sous l'insolite° lumière bleuâtre . . .

Comme il n'y a pas d'autre solution que de hasarder encore quelques mots, je prononce, à grand peine, cette phrase banale:

«Ton frère est tombé.»

Mes syllabes tombent, elles aussi, sans éveiller de réponse ni d'écho, commes des objets inutiles, privés de sens. Et le silence se referme. Ai-je vraiment parlé? Le froid, l'insensibilité, la paralysie commencent à gagner mes membres.

l'encadrement (de la porte), *m. the doorway*   froncée *gathered*
chevilles, *f. ankles*   insolite *unusual, strange*

EXERCICES

A. COMPRÉHENSION GÉNÉRALE

a. Répondez aux questions sans reproduire le texte exact du livre.

1. L'étudiante donne deux informations à *Boris*. Quelles sont-elles?
2. Comment est la rue dans laquelle *Boris* a tourné?
3. Quelle est, pour le moment, la mission de *Boris*?
4. Qui traverse la rue devant lui, et comment?
5. Un accident! Qu'est-ce qui arrive?
6. Que fait alors *Boris*?
7. Où emporte-t-il l'enfant?
8. Comment est la pièce où il entre?
9. Une petite fille apparaît. Comment est-elle?
10. Quelle sensation, et quel sentiment éprouve *Boris* devant toute cette scène?

b. Quelle est la phrase qui correspond correctement au sens du texte?

1. Il faut que *Boris* continue tout droit / qu'il tourne à droite.
2. Les gens ont l'air insouciant et sympathique. / Ils sont peut-être des espions.
3. Dans cette petite rue, il y a quelques voitures en stationnement. / Il n'y a ni circulation, ni stationnement automobile.
4. Une impasse a deux issues / une seule issue.
5. Le petit garçon crie en tombant. / tombe sans émettre un son.
6. L'enfant a l'air d'être endormi / mort / évanoui.
7. Cet enfant est tombé dans une flaque de boue. / juste à côté d'une flaque d'un liquide mystérieux.
8. Il y a certainement une famille qui habite cette maison. / Cette maison a l'air abandonnée.
9. C'est le petit garçon qui a placé le crucifix sur sa poitrine. / C'est la petite fille qui l'a placé.

B. VOCABULAIRE

a. Ce passage est riche en nouveaux *noms*. Nous allons concentrer cet exercice de vocabulaire sur quelques-uns de ces noms.

salut	atelier	sol	muraille
raccourci	ruelle	chaussée	enjambée
filature	boue	ceinture	cuir
maigreur	blessure	corsage	fardeau
matelas	couvertures	draps	palier
taille	mise en scène*		

---

* (Tous les mots de la liste ne sont pas employés dans l'exercice.)

1. Quand on tourne un film, le metteur en scène (*director*) est responsable de la _____ .
2. La _____ est la partie la plus étroite de votre corps.
3. On porte une _____ autour de la taille.
4. Le _____ est un vêtement qui va des épaules à la taille.
5. À chaque étage de l'escalier, il y a un _____ .
6. Un lit comporte un _____ , des _____ , et quand il fait froid, des _____ .
7. Vous êtes tombé, il y a un peu de sang: Vous avez une petite _____ .
8. La _____ est une qualité désirable pour un mannequin. C'est pourquoi elle mange peu.
9. Le _____ est une substance animale. On en fait des chaussures, des ceintures, par exemple.
10. La _____ , par terre, est faite d'un mélange d'eau et de poussière.
11. Quand un espion suit discrètement une personne qu'il observe, c'est une _____ .
12. Un artisan, ou un artiste, travaille dans un _____ .
13. Une petite rue, souvent derrière une plus grande rue, c'est une _____ .
14. Un chemin plus court, peu connu, pour aller d'un endroit à un autre, c'est un _____ .
15. Un mur de pierre brute, c'est une _____ .
16. Vous marchez sur le _____ , qui peut être en terre, pavé, en bois, etc.

b. Description du costume des quatre personnages:

—Quel costume porte Djinn? Qu'est-ce qu'il évoque pour *Boris*?
—Quel costume porte l'étudiante?
—Quel costume porte le petit garçon?
—Quel costume porte la petite fille?
—Pourquoi le costume de ces enfants est-il étrange?

Expression non-verbale de votre compréhension

c. Montrez par un geste, une expression, un mouvement du corps, que vous comprenez les expressions suivantes:

1. J'hésite à pénétrer dans cette ruelle. / 2. Je fais les plus grandes enjambées possibles. / 3. Une blouse sanglée à la taille. / 4. Il a les yeux grands ouverts et la bouche entr'ouverte. / 5. Je consulte ma montre. / 6. Je porte le fardeau sur les bras. / 7. J'ai un mouvement de stupeur, un recul instinctif. / 8. Il simule l'évanouissement.

C. EXPRESSION PERSONNELLE

1. Quels sont les éléments qui vous semblent étranges dans ce chapitre?

2. Quelle impression vous donne la lecture de ce chapitre?

3. Vous pensez peut-être que *Boris* rêve. C'est possible, mais pas certain. Et ... qu'est-ce que c'est que le rêve?

4. Est-ce que chaque personne perçoit la réalité de façon différente? Expliquez.

3

Combien de temps le charme a-t-il duré?

Prenant une brusque résolution, la petite fille vient vers moi, sans rien dire, d'un pas décidé. Je fais un immense effort pour sortir de mon engourdissement.° Je passe la main sur mon front, sur mes paupières, à plusieurs reprises. Je réussis enfin à remonter jusqu'à la surface. Peu à peu, je retrouve mes sens.

À ma grande surprise, je suis maintenant assis sur une chaise, au chevet du lit.° Près de moi, le garçon dort toujours, allongé sur le dos, les yeux ouverts, le crucifix posé sur la poitrine. Je parviens à me lever sans trop de mal.°

La petite fille tient devant elle un chandelier en cuivre,° qui brille comme de l'or; il est muni de trois bougies, éteintes. Elle marche sans faire le moindre bruit, glissant à la manière des spectres; mais c'est à cause de ses chaussons à semelles de feutre.°

mon engourdissement, *m. my numbness*   au chevet du lit *at the head of the bed*   sans trop de mal *without too much trouble*   un chandelier de cuivre *a brass candelabra*   ses chaussons à semelle de feutre *her felt-soled slippers*

Elle dépose le chandelier sur la chaise que je viens de quitter. Puis elle allume les trois bougies, l'une après l'autre, avec application, craquant à chaque fois une nouvelle allumette et soufflant la flamme après usage, pour replacer ensuite le reste noirci dans la boîte, avec un très grand sérieux.

Je demande: «Où y a-t-il un téléphone? Nous allons appeler un médecin pour ton frère.»

La fillette me dévisage° avec une sorte de condescendance, comme on fait pour un interlocuteur sans compétence, ou insensé.

«Jean n'est pas mon frère, dit-elle. Et le docteur ne sert à rien, puisque Jean est mort.»

Elle parle sur un ton posé de grande personne, sans formules enfantines. Sa voix est musicale et douce, mais n'exprime aucune émotion. Ses traits ressemblent beaucoup à ceux du garçon évanoui,° en plus féminin naturellement.

«Il s'appelle Jean?» dis-je. La question est superflue; mais tout à coup le souvenir de Djinn m'envahit et je ressens, de nouveau, un violent désespoir. Il est maintenant plus de sept heures et demie. L'affaire est donc bien finie ... mal finie, plutôt. La petite fille hausse les épaules:°

«Évidemment, dit-elle. Comment voulez-vous l'appeler?» Puis, toujours du même air grave et raisonnable, elle poursuit: «Déjà, hier, il est mort.

—Qu'est-ce que tu racontes? Quand on meurt, c'est pour toujours.

—Non, pas Jean!» affirme-t-elle avec une si catégorique assurance que je me sens moi-même ébranlé.° Je souris intérieurement, néanmoins, à l'idée du spectacle bizarre que nous offrons, elle et moi, et des propos absurdes que nous tenons. Mais je choisis de me prêter au jeu:

«Il meurt souvent?

—En ce moment, oui, assez souvent. D'autres fois, il reste plusieurs jours sans mourir.

—Et cela dure longtemps?

---

me dévisage *looks me over* évanoui *in a dead faint* hausse les
épaules *shrugs her shoulders* ébranlé *shaken*

—Une heure peut-être, ou une minute, ou un siècle. Je ne sais pas. Je n'ai pas de montre.

—Il sort tout seul de la mort? Ou bien tu dois l'aider?

—Quelquefois il revient tout seul. En général, c'est quand je lave sa figure; vous savez: l'extrême-onction.°

Je saisis, à présent, le sens probable de tout cela: le garçon doit avoir des syncopes° fréquentes, sans doute d'origine nerveuse; l'eau froide sur son front sert de révulsif pour le ranimer. Je ne peux pas, cependant, quitter ces enfants avant le réveil du malade.

La flamme des bougies rosit° maintenant son visage. Des reflets plus chauds adoucissent les ombres, autour de la bouche et du nez. Les prunelles, qui reçoivent aussi cette clarté nouvelle, réfléchissent des lueurs dansantes, brisant la fixité du regard.

La petite fille en robe blanche s'assoit sans ménagements sur le lit, aux pieds du prétendu cadavre. Je ne peux retenir un geste, pour protéger le garçon des secousses qu'elle risque ainsi de donner au sommier° métallique. Elle me jette en retour un regard méprisant:

«Les morts ne souffrent pas. Vous devez le savoir. Ils ne sont même pas ici. Ils dorment dans un autre monde, avec leurs rêves. . .» Des inflexions plus basses obscurcissent le timbre de sa voix, qui devient plus tendre et plus lointaine pour murmurer: «Souvent, je dors près de lui, quand il est mort; nous partons ensemble au paradis.»

Une sensation de vide, une angoisse démesurée, une fois de plus, assaillent mon esprit. Ni ma bonne volonté ni ma présence ne servent à rien. Je veux sortir de cette chambre hantée, qui affaiblit mon corps et ma raison. Si j'obtiens des explications suffisantes, je sors aussitôt. Je répète donc ma première question:

«Où est ta maman?

—Elle est partie.

—Quand revient-elle?

---

l'extrême-onction, *f. the last rites (which may involve touching holy water to the dying person's face.)*   syncopes, *f. fainting spells*   rosit (*verb* rosir) *turns pink*   sommier, *m. box springs*

—Elle ne revient pas», dit la petite fille.

Je n'ose plus insister davantage. Je perçois là l'existence de quelque drame familial, douloureux et secret. Je dis, pour changer de sujet:

«Et ton papa?

—Il est mort.

—Combien de fois?»

Elle ouvre sur moi des yeux étonnés, pleins de compassion et de reproche, qui réussissent très vite à me donner mauvaise conscience. Au bout d'un temps notablement long, elle consent enfin à expliquer:

«Vous dites des bêtises. Quand les gens meurent, c'est définitif. Les enfants eux-mêmes savent cela.» Ce qui est la logique même, de toute évidence.

Me voilà donc bien avancé. Comment ces gosses peuvent-ils habiter ici tout seuls, sans père ni mère? Ils vivent peut-être ailleurs, chez des grands-parents ou chez des amis, qui les ont recueillis° par charité. Mais, plus ou moins délaissés,° ils courent toute la journée à droite et à gauche. Et cette bâtisse abandonnée, sans électricité ni téléphone, n'est que leur terrain de jeu favori. Je demande:

«Où vivez-vous, ton frère et toi?

—Jean n'est pas mon frère, dit-elle, c'est mon mari.

—Et tu vis avec lui dans cette maison?

—Nous vivons où nous voulons. Et, si vous n'aimez pas notre maison, pourquoi êtes-vous venu? Nous n'avons rien demandé à personne.»

En somme, elle a raison. J'ignore ce que je fais là. Je résume dans ma tête la situation: une fausse étudiante en médecine me dirige vers une ruelle que je n'ai pas choisie; j'aperçois un gamin qui court, juste devant moi; il tombe et s'évanouit; je transporte son corps dans l'abri° le plus proche; là, une petite fille raisonneuse et mystique me tient des discours sans queue ni tête au sujet des absents et des morts.

recueillis *took them in*   plus ou moins délaissés *more or less*
neglected   abri, *m. shelter*

«Si vous voulez voir son portrait, il est accroché au mur», dit mon interlocutrice en guise de conclusion. Comment a-t-elle deviné que je pense encore à son père?

Sur la paroi° qu'elle désigne de la main, entre les deux fenêtres, un petit cadre d'ébène contient en effet la photographie d'un homme d'une trentaine d'années, en costume de sous-officier de la marine. Une branchette de buis bénit° est glissée sous le bois noir.

«Il était marin?

—Évidemment.

—Il est mort en mer?»

Je suis persuadé qu'elle va de nouveau dire «Évidemment», avec son imperceptible haussement des épaules. Mais, en fait, ses réponses déçoivent toujours mon attente. Et, cette fois, elle se contente de rectifier, comme une institutrice corrigeant un élève: «Péri en mer»,° ce qui est l'expression juste quand il s'agit d'un naufrage.°

Cependant, de telles précisions se conçoivent mal dans la bouche d'une enfant de cet âge. Et j'ai l'impression, tout à coup, qu'elle récite une leçon. Sous la photo, une main appliquée a écrit ces mots: «Pour Jean et Marie, leur papa chéri». Je me détourne à demi vers la fillette:

«Tu t'appelles Marie?

—Évidemment. Comment voulez-vous m'appeler?»

Tandis que j'inspecte le portrait, je pressens soudain un piège.° Mais déjà la petite fille poursuit:

«Et toi, tu t'appelles Simon. Il y a une lettre pour toi.» Je viens juste de remarquer une enveloppe blanche, qui dépasse légèrement sous le rameau de buis. Je n'ai donc pas le temps de réfléchir aux étonnantes modifications survenues dans le comportement de Marie: elle me tutoie et elle sait mon prénom.

---

paroi, *f. wall, partition*   une branchette de buis bénit *a sprig of consecrated boxwood. (Branches of boxwood are blessed at Palm Sunday services, taken home by the faithful and kept throughout the year. Sprigs are broken off and slipped in the frame of pictures of dead family members.)*
Péri en mer *Lost at sea*   naufrage, *m. shipwreck*   je pressens un piège *I can feel a trap*

Je saisis délicatement la lettre entre deux doigts, et je la retire de sa cachette sans abîmer les feuilles de buis. L'air et la lumière jaunissent vite ce genre de papier. Celui-ci n'est ni jaune ni défraîchi, me semble-t-il sous ce médiocre éclairage.° Il ne doit pas être là depuis longtemps.

L'enveloppe porte le nom complet du destinataire: «Monsieur Simon Lecoeur, dit Boris», c'est-à-dire non seulement mon propre nom,° mais aussi le mot de passe de l'organisation où je travaille depuis à peine quelques heures. Plus curieusement encore, l'écriture ressemble en tous points (même encre, même plume, même main) à celle de la dédicace sur la photographie du marin. . .

Mais, à cet instant, la petite fille crie à tue-tête,° derrière moi: «Ça y est, Jean, tu peux te réveiller. Il a trouvé le message.»

❯────❮

ce médiocre éclairage *this poor lighting*   mon propre nom *my own name*   à tue-tête *at the top of her voice*

EXERCICES

Révision grammaticale utile à la bonne assimilation du texte: *Les verbes en -ir, ou verbes du 2e groupe.*

A. COMPRÉHENSION GÉNÉRALE

a. Répondez aux questions sans reproduire le texte exact.

1. Où se trouve *Boris* quand le chapitre commence?
2. Qui est avec lui?
3. Est-ce que la conversation de la petite fille est rationnelle? Pourquoi?
4. Qu'est-ce qui vous semble bizarre dans la situation de ces deux enfants?
5. Où est la mère de ces enfants?
6. Comment leur père est-il mort?
7. Quel est le vrai nom de *Boris?*
8. Où trouve-t-il l'enveloppe?
9. Cette enveloppe est-elle là depuis longtemps?
10. Résumez toute cette scène étrange en quelques phrases.

Expression non-verbale de votre compréhension

b. Montrez par un geste, un mouvement, une expression, ce que veut dire pour vous:

1. Je passe la main sur mon front et mes paupières à plusieurs reprises. / 2. Elle souffle la flamme de l'allumette. / 3. Elle me jette un regard méprisant. / 4. Elle ouvre des yeux étonnés. / 5. Elle désigne le mur de la main. / 6. Je saisis délicatement la lettre entre deux doigts.

B. VOCABULAIRE

a. Complétez les phrases suivantes par un de ces termes:

engourdissement	paupière	bougie	chandelier
siècle	secousse	gosse	bâtisse
cadre	marin	naufrage	éclairage
écriture			

1. La graphologie détermine votre caractère d'après votre _____ .
2. Une période de cent ans est _____ .
3. On place _____ sur une table pour tenir des bougies.
4. Les animaux qui hibernent passent l'hiver dans une sorte d(e) _____ .
5. Vos yeux sont protégés par des _____ .

6. Vous soufflez les _____ de votre gâteau d'anniversaire.
7. Un autre terme pour *un choc*, c'est _____ .
8. Dans le français familier, on appelle un enfant un (ou une) _____ .
9. La disparition d'un navire en mer, c'est _____ .
10. Un tableau est généralement entouré d'un _____ .
11. Les _____ forment l'équipage d'un navire.
12. L' _____ de cette scène est fourni par trois bougies.
13. Le terme de _____ s'applique à un bâtiment sans intérêt particulier.

b. Adverbes et expressions adverbiales:

sans trop de mal	**intérieurement**	**longtemps**
sans ménagements	**ailleurs**	**évidemment**
légèrement		

1. Il ne faut pas annoncer une mauvaise nouvelle _____ .
2. Un endroit exotique, ce n'est jamais l'endroit où on habite. C'est toujours _____ .
3. La plus grande partie de vos pensées est formulée _____ .
4. Le contraire de *à grand peine*, c'est _____ .
5. Ce petit garçon meurt souvent, mais il ne reste pas mort _____ !
6. On dit: « _____ :» quand quelque chose est claire et manifeste.
7. Les gens raisonnables mangent _____ et boivent avec modération.

C. GRAMMAIRE: Les verbes en *-ir,* ou verbes du 2e groupe

Dans ce chapitre, vous rencontrez une grande quantité de verbes en *-ir*. Révisez la conjugaison de ces verbes. Pour résumer, ils forment quatre groupes de conjugaison distincte:

1. Les verbes dits réguliers, qui prennent l'infixe *-iss-* aux personnes du pluriel du présent, à l'imparfait et au subjonctif. Exemple: *finir, réussir,* etc. Les verbes formés sur des adjectifs sont généralement dans ce groupe: *grandir, rougir, noircir, blanchir,* etc.

je	finis	réussis	grandis
tu	finis	réussis	grandis
il/elle	finit	réussit	grandit
nous	finissons	réussissons	grandissons
vous	finissez	réussissez	grandissez
ils/elles	finissent	réussissent	grandissent

Participe passé:

	fini	réussi	grandi

2. Les verbes qui n'ont pas l'infixe, comme *courir, dormir, mentir, partir, servir, sentir* et leurs composés:

je	cours	dors	sens
tu	cours	dors	sens
il/elle	court	dort	sent
nous	courons	dormons	sentons
vous	courez	dormez	sentez
ils/elles	courent	dorment	sentent

Participe passé:

couru	dormi	senti

3. Les verbes qui ont l'infinitif en *-ir* mais qui se conjuguent comme les verbes du premier groupe, comme *couvrir, offrir, ouvrir, souffrir:*

j(e)	ouvre	offre	souffre
tu	ouvres	offres	souffres
il/elle	ouvre	offre	souffre
nous	ouvrons	offrons	souffrons
vous	ouvrez	offrez	souffrez
ils/elles	ouvrent	offrent	souffrent

Participe passé

ouvert	offert	souffert

4. Les verbes comme *tenir, venir* (et leurs composés) et *mourir:*

je	tiens	viens	meurs
tu	tiens	viens	meurs
il/elle	tient	vient	meurt
nous	tenons	venons	mourez
vous	tenez	venez	mourez
ils/elles	tiennent	viennent	meurent

Participe passé

tenu	venu	mort

a. *Dans ce premier exercice, chaque verbe porte le numéro (1, 2, 3, 4) de la catégorie à laquelle il appartient. Donnez la forme correcte du verbe:*

réussir (1)   Vous _____ si vous faites un effort.
                   As-tu _____ à ton examen?

parvenir (4)   Boris ne _____ pas à retrouver le sens de la réalité.
                   Êtes-vous _____ à comprendre cette étrange scène?

souffrir (3)   Avec un peu d'aspirine, je ne _____ pas de la migraine.
                   Ce gosse a-t-il _____ quand il est tombé?

mourir (4)   On ne _____ qu'une seule fois.
                   Votre arrière grand-père est-il _____ ?

ressentir (2) Boris _____ des émotions bizarres.
Avez-vous jamais _____ une grande douleur?

affaiblir (1) Les maladies _____ votre organisme.
La tentation a-t-elle quelquefois _____ votre volonté?

courir (2) Nous allons être en retard: _____ !
Tu es parti trop tard, alors tu as _____ .

obtenir (4) Si j'insiste, j' _____ généralement ce que je demande.
As-tu _____ une réponse à ta question?

choisir (1) Au restaurant, vous _____ votre plat préféré.
Pourquoi as-tu _____ cette profession?

offrir (3) Je vous _____ ce petit cadeau.
Avez-vous _____ des fleurs à votre hôtesse?

b. Maintenant, sans indication de la catégorie à laquelle appartiennent ces verbes:

consentir Mademoiselle, _____ -vous à prendre ce jeune homme pour époux?

mourir, périr Quand un marin _____ dans un naufrage, on dit qu'il a _____ en mer.

venir Pourquoi Simon est-il _____ dans cette bâtisse?

saisir Est-ce que vous _____ bien le sens de cette histoire?

réfléchir _____ avec beaucoup de concentration pour trouver la réponse à une question difficile.

s'évanouir Nous nous _____ quelquefois sous l'influence de la douleur.

tenir Qu'est-ce que vous _____ à la main?

obtenir Moi, j' _____ de bons résultats parce que je travaille.

D. EXPRESSION PERSONNELLE

a. Répondez en quelques phrases.

1. Que pensez-vous de cette maison et de ces deux enfants?

2. Comment peut-on expliquer, rationnellement, l'évanouissement—ou la «mort»—de ce gosse?

3. Est-ce que ces enfants portent des vêtements ordinaires? Qu'est-ce que leur costume semble indiquer?

b. Composition ou discussion à faire en classe. Chaque étudiant contribue une idée.

Vous êtes en train de découvrir une préoccupation constante de la pensée de Robbe-Grillet: *le temps.* Dans l'oeuvre de Robbe-Grillet, le temps ne suit pas un courant fixe et irréversible. Au contraire, il semble progresser, puis soudain retourne en arrière.

Quels éléments vous semblent indiquer que *le temps* dans ce chapitre ne progresse pas suivant ses lois habituelles? Donnez des exemples.

Je fais un brusque demi-tour, et je vois le gamin inanimé se redresser d'un seul coup et s'asseoir sur le bord du matelas, jambes pendantes, à côté de sa soeur ravie. Tous les deux applaudissent ensemble et tressaillent° de joie sur le lit métallique, qui est secoué par leurs rires pendant près d'une minute. Je me sens tout à fait idiot.

Puis Marie, toujours sans hésitation, retrouve son sérieux. Le garçon l'imite bientôt; il obéit—je pense—à cette fillette nettement plus jeune que lui, mais aussi plus délurée.° Elle déclare alors à mon intention:

«Maintenant, c'est toi qui es notre papa. Je suis Marie Lecoeur. Et voici Jean Lecoeur.»

Elle bondit° sur ses jambes pour désigner son complice, avec cérémonie, en faisant une révérence vers moi. Ensuite, elle court jusqu'à la porte du palier; là, elle appuie sans doute sur un bouton électrique (placé à l'extérieur), car aussitôt une lumière très vive envahit toute la chambre, comme dans une salle de spectacle à la fin de l'acte.

Les nombreuses lampes, des appliques° anciennes en forme d'oiseaux, sont en vérité assez visibles; mais, lorsqu'elles ne sont pas allumées, elles peuvent passer inaperçues. Marie, légère et vive, est revenue vers le lit, où elle s'est rassise tout contre son grand frère. Ils se disent des choses tout bas, dans le creux de l'oreille.

Puis, ils me regardent de nouveau. Ils ont à présent un air attentif et sage. Ils veulent voir la suite. Ils sont au théâtre, et moi sur la scène, en train de jouer une pièce inconnue, qu'un étranger a écrite pour moi ... Ou, peut-être, une étrangère?

J'ouvre l'enveloppe, qui n'est pas collée. Elle contient une feuille de papier pliée en quatre. Je la déploie avec soin. L'écriture est encore la même, celle d'un gaucher sans aucun doute, ou plus précisément, d'une gauchère. Mon coeur bondit en voyant la signature ...

Mais aussi, je perçois mieux, tout à coup, la raison de ma méfiance instinctive, il y a un instant, devant ces caractères manuscrits penchés à contre sens, sous le portrait encadré de noir:

---

tressaillent *quiver*   délurée, *smart, streetwise*   elle bondit *she leaps*   des appliques, *f. wall sconces*

très peu de gens, en France, écrivent avec la main gauche, surtout dans la génération de ce marin.

La lettre n'est guère une lettre d'amour, évidemment. Mais quelques mots, c'est déjà beaucoup, en particulier quand ils proviennent d'une personne qu'on venait de perdre pour toujours. Plein d'entrain désormais, face à mon jeune public, je lis le texte à haute voix, comme un acteur de comédie:

«Le train d'Amsterdam était une fausse piste, dans le but d'égarer les soupçons.° La vraie mission commence ici. Maintenant que vous avez fait connaissance, les enfants vont te conduire là où vous devez aller ensemble. Bonne chance.»

C'est signé «Jean,» c'est-à-dire Djinn, sans erreur possible. Mais je saisis mal la phrase sur les soupçons. Les soupçons de qui? Je replie le papier, et je le replace dans son enveloppe. Marie applaudit brièvement. Avec quelque retard, Jean fait comme elle, sans enthousiasme.

«J'ai faim, dit-il. C'est fatigant d'être mort.»

Les deux enfants viennent alors vers moi et saisissent chacun une de mes mains, avec autorité. Je me laisse faire, puisque ce sont les instructions. Nous sortons ainsi tous les trois, de la pièce d'abord, de la maison ensuite, comme une famille qui part en promenade.

L'escalier et le couloir du rez-de-chaussée, comme le palier du premier étage, sont à présent brillamment éclairés, eux aussi, au moyen de fortes ampoules. (Qui les a donc allumées?) Comme Marie ne ferme, en partant, ni l'électricité, ni la porte de la rue, je demande pourquoi. Sa réponse n'est pas plus surprenante que le reste de la situation:

«Ça ne fait rien, dit-elle, puisque Jeanne et Joseph sont là.

—Qui sont Jeanne et Joseph?

—Eh bien, Joseph c'est Joseph, et Jeanne c'est Jeanne.

Elle me tire par la main vers la grande avenue, marchant d'un pas vif et sautant par moment sur les pavés inégaux. Jean, au contraire, se laisse un peu traîner. Au bout de quelques minutes, il répète:

égarer les soupçons *throw off suspicion*

«J'ai très faim.

—C'est l'heure de dîner, dit Marie. On doit lui donner à manger. Autrement, il va encore mourir; et nous n'avons plus le temps de jouer à ça.»

En finissant sa phrase, elle éclate d'un rire bref, très aigu, un peu inquiétant. Elle est tout à fait folle,° comme la plupart des enfants trop raisonnables. Je me demande quel âge elle peut avoir, en réalité. Elle est petite et menue,° mais elle a peut-être bien plus de huit ans.

«Marie, quel âge as-tu?

—Ça n'est pas poli, tu sais, de questionner les dames au sujet de leur âge.

—Même à cet âge-là?

—Évidemment. Il n'y a pas d'âge pour commencer à être poli.»

Elle a prononcé cet aphorisme d'un ton sentencieux, sans le moindre sourire de connivence. Est-elle, ou non, consciente de l'absurdité de son raisonnement? Elle a tourné à gauche, dans l'avenue, nous entraînant, Jean et moi, derrière elle. Son pas, aussi décidé que son caractère, n'incite guère à poser des questions. C'est elle qui, soudain, s'arrête net, pour formuler celle- ci, en levant sur moi des yeux sévères:

«Tu sais mentir,° toi?

—Quelquefois, quand c'est nécessaire.

—Moi, je mens très bien, même si c'est inutile. Quand on ment par nécessité, ça a moins de valeur, évidemment. Je peux rester une journée entière sans énoncer une seule chose vraie. J'ai même eu un prix de mensonge, à l'école, l'année dernière.

—Tu mens» dis-je. Mais ma riposte ne la trouble pas une seconde. Et elle continue, avec un tranquille aplomb:

«En classe de logique, nous faisons cette année des exercices

folle *mad, crazy*   petite et menue *small and "petite" (The French word* petite *has changed its meaning in English and has come to mean the same thing as the word* menu(e), *which means delicate and small-boned.* mentir *to lie*

de mensonge au second degré. Nous étudions aussi le mensonge au premier degré à deux inconnues. Et quelquefois, nous mentons à plusieurs voix. C'est très excitant. Dans la classe supérieure, elles font le mensonge du second degré à deux inconnues et le mensonge du troisième degré. Ça doit être difficile. J'ai hâte° d'être à l'année prochaine.»

Puis, de façon tout aussi soudaine, elle repart en avant. Le garçon, lui, n'ouvre pas la bouche. Je demande:

«Où allons-nous?

—Au restaurant.

—Nous avons le temps?

—Évidemment. Qu'est-ce qu'on t'a écrit, sur la lettre?

—Que tu vas me conduire où je dois aller.

—Alors, comme je te conduis au restaurant, tu dois donc aller au restaurant.»

C'est en effet sans réplique. Nous arrivons d'ailleurs devant un café-brasserie.° La petite fille pousse la porte vitrée avec autorité, et une étonnante vigueur. Nous entrons à sa suite, Jean et moi. Je reconnais immédiatement le café où j'ai rencontré l'étudiante en médecine à la veste rouge. . . .

Elle est toujours là, assise à la même place, au milieu de la grande salle vide. Elle se lève en nous voyant arriver. J'ai la conviction qu'elle guettait° mon retour. En passant près de nous, elle fait un petit signe à Marie et dit à mi-voix:

«Tout va bien?

—Ça va,» dit Marie, très fort, sans se gêner.° Et tout de suite après, elle ajoute: «Évidemment.»

La fausse étudiante sort, sans m'avoir accordé un regard. Nous nous asseyons à l'une des tables rectangulaires, dans le fond de la salle. Sans raison évidente, les enfants choisissent celle qui

j'ai hâte *I am anxious to*   un café-brasserie (*or* une brasserie) *a cafe where food, usually of the short order sort, is served (although some* brasseries, *like the famed Brasserie Lipp, are famous for their food). The word* brasserie *literally means brewery and beer is usually a specialty of the* brasseries. elle guettait *she was watching for*   sans se gêner *without any caution*

est la moins éclairée. Ils fuient les lumières trop crues,° semble-t-il. De toute manière, c'est Marie qui décide.

«Je veux une pizza, dit Jean.

—Non, dit sa soeur, tu sais bien qu'ils les remplissent exprès de bactéries et de virus.»

Tiens, me dis-je, la prophylaxie gagne du terrain chez les jeunes. Ou bien ceux-ci sont-ils élevés dans une famille américaine? Comme le serveur approche de nous, Marie commande des croque-monsieur° pour tout le monde, deux limonades,° «et un demi pour Monsieur, qui est russe.» Elle me fait une horrible grimace, tandis que l'homme s'éloigne, toujours muet.

«Pourquoi as-tu dit que j'étais russe? D'ailleurs, les Russes ne boivent pas plus de bière que les Français, ou les Allemands . . .

—Tu es russe, parce que ton nom est Boris. Et tu bois de la bière comme tout le monde, Boris Lecoeurovitch!»

Changeant à la fois de ton et de sujet, elle se penche ensuite à mon oreille pour murmurer, sur un ton de confidence:

«Tu as remarqué la tête° du garçon de café? C'est lui qui est sur la photographie, en uniforme de marin, dans le cadre mortuaire.

—Il est vraiment mort?

—Évidemment. Péri en mer. Son fantôme° revient servir dans le café où il travaillait autrefois. C'est pour ça qu'il ne parle jamais.»

—Ah bien, dis-je. Je vois.»

L'homme en veste blanche surgit soudain devant nous, avec les boissons. Sa ressemblance avec le marin n'est pas évidente. Marie lui dit, très mondaine:

«Je vous remercie. Ma mère va passer demain, pour payer.»

◄═══►

lumières trop crues *lights that are too bright*   un croque-monsieur *a common French fast food: a grilled ham and cheese sandwich* (A croque-madame *is chicken and cheese.*)   limonade, *f. soda, similar to Seven-Up.* (*Lemonade is* citron pressé.)   la tête *the face, the appearance*   Son fantôme *His ghost*

EXERCICES

A. COMPRÉHENSION GÉNÉRALE

a. Répondez aux questions sans reproduire le texte exact.

1. Que fait le petit garçon quand Simon a trouvé le message?
2. Que fait sa soeur?
3. Quelle est la nouvelle identité de Simon et des enfants?
4. Comment le décor change-t-il soudain?
5. Quel est le message contenu dans la lettre?
6. Quel âge a Marie?
7. Où les enfants emmènent-ils Simon?
8. Quelle est l'activité favorite de Marie?
9. Qu'est-ce que Marie commande pour leur dîner?
10. Qu'est-ce qui est remarquable dans la personne du garçon de café?

Expression non-verbale de votre compréhension

b. Montrez par un geste, un mouvement, une expression, ce que veut dire pour vous:

1. Je fais un brusque demi-tour. / 2. (Question adressée à deux personnes) Ils applaudissent ensemble. / 3. Elle appuie sur un bouton électrique. / 4. (Question adressée à deux personnes) Ils se disent des choses dans le creux de l'oreille. / 5. Je déploie avec soin la feuille de papier pliée en quatre. / 6. Elle se penche à mon oreille pour murmurer une confidence. / 7. Elle me fait une grimace.

B. VOCABULAIRE

a. Complétez les phrases suivantes par un des termes:

rire	lumière	pièce	gaucher
méfiance	piste	soupçon	ampoule
mensonge	oreille	fantôme	

1. Certaines personnes croient que les morts reviennent sous la forme de
   _____ .
2. Votre _____ vous sert à écouter et à entendre.
3. Le contraire d'une vérité, c'est _____ .
4. Le _____ indique le plaisir ou la joie.
5. Le contraire de l'obscurité, c'est _____ .
6. Une _____ électrique transforme l'électricité en lumière.

7. Le mot _____ a plusieurs sens. Par exemple, au théâtre vous allez voir _____ de théâtre. Votre maison a sept _____ . La _____ de 1 franc a la même valeur que la _____ de 25¢.

8. Le contraire de la confiance, c'est _____ .

9. Si vous n'écrivez pas avec la main droite, on dit que vous êtes un _____ ou une _____ .

10. Dans un roman policier, le détective suit _____ laissée par le criminel.

11. Si vous n'avez pas entièrement confiance dans une personne ou une situation, vous avez des _____ .

b. Verbes.

applaudir	tressaillir	obéir	bondir
envahir	saisir	sortir	partir
mourir	mentir	servir	

1. Au théâtre, nous _____ les acteurs à la fin de la pièce.

2. Dans un café, les garçons _____ les clients.

3. Si tu ne dis pas la vérité, tu _____ .

4. Le tigre _____ sur sa proie.

5. Notre corps _____ quand nous sommes nerveux ou tendus.

6. _____ -vous souvent le soir?

7. Nous _____ en vacances pendant l'été.

8. On ne _____ qu'une fois, et c'est pour toujours!

9. Quand vous négligez votre jardin, les mauvaises herbes l(e) _____ .

10. Nous _____ tous aux lois de notre pays.

11. Si vous avez le sens de l'opportunité, vous _____ les occasions qui se présentent à vous.

c. Quelle est la phrase qui correspond au sens du texte?

1. Après le réveil du petit garçon la pièce reste sombre / est envahie de lumière.

2. Simon comprend très bien ce qui se passe / ne comprend absolument pas.

3. L'écriture de la lettre est différente de celle de la dédicace / est la même que sur la dédicace.

4. Simon rencontre Jeanne et Joseph. / Simon ne rencontre personne.

5. Marie ment problement tout le temps. / Marie dit probablement souvent la vérité.

6. L'étudiante n'est plus dans le café-brasserie. / Elle est encore là quand Simon arrive avec les enfants.

7. Simon commande pour tout le monde. / Marie commande pour tout le monde.

8. Marie recommande la pizza à son frère. / Marie déconseille la pizza à son frère.

9. D'après Marie, le garçon de café est un fantôme. / Le garçon de café est très bavard.
10. Au café-brasserie, c'est Simon qui paie. / C'est la mère de Marie qui va passer payer.

C. GRAMMAIRE

Complétez par la préposition correcte:

1. Ce marin est péri _____ mer.
2. «C'est fatigant _____ être mort», dit Jean.
3. Vous sortez _____ la pièce.
4. Vous partez _____ votre maison.
5. Vous entrez _____ une maison.
6. Vous restez _____ la maison ce soir.
7. Nous ne demandons rien _____ personne.
8. Ils me regardent _____ nouveau.
9. Cette famille part _____ promenade.
10. Nous n'avons pas le temps _____ jouer.
11. Marie éclate _____ rire.
12. Vous allez tourner _____ gauche.
13. Il n'y a pas _____ âge, pour commencer _____ être poli.

D. EXPRESSION PERSONNELLE

1. Quels sont les éléments contradictoires, dans cette scène? (Par exemple, Jean est mort, mais aussi, il n'est pas mort.)

2. Quels sont les détails qui continuent à montrer, comme dans la première partie du chapitre, une distortion du temps?

3. Beaucoup d'éléments de ce récit ne semblent pas «logiques». Mais, à votre avis, est-ce que la logique est un élément indispensable de la fiction? Pourquoi?

4. Robbe-Grillet est le fondateur du *Nouveau Roman.* Vous ne savez peut-être pas ce qu'est le *Nouveau Roman,* mais vous pouvez trouver certaines de ses caractéristiques dans les chapitres que vous venez de lire. En quoi ce texte diffère-t-il des romans classiques que vous avez lus?

4

Tandis que nous mangions, j'ai demandé à Marie comment ce serveur pouvait être employé dans un café, avant sa mort, puisqu'il était marin. Mais elle ne s'est pas troublée pour si peu:

«C'était évidemment pendant ses permissions.° Sitôt à terre, il venait voir sa maîtresse, qui travaillait là. Et il servait avec elle, par amour, les petits verres de vin blanc et les cafés-crème. L'amour, ça fait faire de grandes choses.

—Et sa maîtresse, qu'est-elle devenue?

—Quand elle a su la fin tragique de son amant, elle s'est suicidée, en mangeant une pizza industrielle.»

Ensuite, Marie a voulu savoir comment vivaient les gens à Moscou, puisqu'elle venait de m'attribuer la nationalité russe. J'ai dit qu'elle devait bien le savoir, elle aussi, qui était ma fille. Elle a alors inventé une nouvelle histoire à dormir debout:°

---

pendant ses permissions *while he was on shore leave*   une histoire à
dormir debout *a crazy, made-up story*

«Mais non. Nous n'habitions pas avec toi. Des bohémiens° nous ont enlevés, Jean et moi, quand nous étions encore bébés. Nous avons logé dans des roulottes,° parcouru l'Europe et l'Asie, mendié,° chanté, dansé dans des cirques. Nos parents adoptifs nous obligeaient même à voler de l'argent, ou des choses dans les magasins.

«Quand nous désobéissions, ils nous punissaient cruellement: Jean devait dormir sur le trapèze volant, et moi dans la cage du tigre. Heureusement, le tigre était très gentil; mais il avait des cauchemars,° et il rugissait toute la nuit: ça me réveillait en sursaut. Quand je me levais le matin, je n'avais jamais assez dormi.

«Toi, pendant ce temps-là, tu courais le monde à notre recherche. Tu allais tous les soirs au cirque—un nouveau cirque chaque soir—et tu rôdais dans les coulisses pour interroger tous les petits enfants que tu rencontrais. Mais, probablement, tu regardais surtout les écuyères° . . . C'est seulement aujourd'hui que nous nous sommes retrouvés.»

Marie parlait vite, avec une sorte de conviction hâtive. Brusquement, son excitation est tombée. Elle a réfléchi un moment, soudain rêveuse, puis elle a terminé avec tristesse:

«Et encore, on n'est pas sûr de s'être retrouvés. Ce n'est peut-être pas nous, ni toi non plus. . .»

Estimant sans doute qu'elle avait assez dit de bêtises, Marie a déclaré, alors, que c'était à mon tour de raconter quelque chose.

Comme j'ai mangé plus vite que les enfants, j'ai fini mon croque-monsieur depuis longtemps. Marie, qui mâche° chaque bouchée avec lenteur et application, entre ses longs discours, ne semble pas près d'avoir terminé son repas. Je demande quel genre d'histoire elle désire. Elle veut—c'est catégorique—une «histoire d'amour et de science-fiction», ce dernier mot étant prononcé à la française, bien entendu. Je commence donc:

«Voilà. Un robot rencontre une jeune dame. . .»

Mon auditrice ne me laisse pas aller plus loin.

---

des bohémiens *m. gypsies*   des roulottes *f. circus caravans*   mendié *begged*   des cauchemars *m. nightmares*   rugissait *roared*   tu rôdais dans les coulisses *you prowled backstage*   les écuyères *the lady riders, the equestriennes*   mâche *chews*

«Tu ne sais pas raconter, dit-elle. Une vraie histoire, c'est forcément au passé.

—Si tu veux. Un robot, donc, a rencontré une . . .

—Mais non, pas ce passé-là. Une histoire, ça doit être au passé historique.° Ou bien personne ne sait que c'est une histoire.»

Sans doute a-t-elle raison. Je réfléchis quelques instants, peu habitué à employer ce temps grammatical, et je recommence:

«Autrefois, il y a bien longtemps, dans le beau royaume de France, un robot très intelligent, bien que strictement métallique, rencontra dans un bal, à la cour, une jeune et jolie dame de la noblesse. Ils dansèrent ensemble. Il lui dit des choses galantes. Elle rougit. Il s'excusa.

«Ils recommencèrent à danser. Elle le trouvait un peu raide,° mais charmant, sous ses manières guindées,° qui lui donnaient beaucoup de distinction. Ils se marièrent dès le lendemain. Ils reçurent des cadeaux somptueux et partirent en voyage de noces . . . Ça va comme ça?

—C'est pas terrible,° dit Marie, mais ça peut aller. En tout cas, les passés simples sont corrects.

—Alors, je continue. La jeune mariée, qui s'appelait Blanche, pour compenser, parce qu'elle avait des cheveux très noirs, la jeune mariée, disais-je, était naïve, et elle n'aperçut pas tout de suite le caractère cybernétique de son conjoint.° Cependant, elle voyait bien qu'il faisait toujours les mêmes gestes et qu'il disait toujours les mêmes choses. «Tiens, pensait-elle, voilà un homme qui a de la suite dans les idées.»

«Mais, un beau matin, levée plus tôt que de coutume, elle le vit qui huilait le mécanisme de ses articulations coxo-fémorales,° dans la salle de bains, avec la burette de la machine à coudre.°

au passé historique *This tense is also called* passé simple, passé défini, *and* passé littéraire. *Today, it is reserved for strictly literary narration, and, as Marie points out, is also used in fairy tales and stories that involve an obvious suspension of belief. French children know, automatically, that a story told in that tense is a tale, not a true story.* un peu raide *a bit stiff* guindées *stiff and formal* en voyage de noces *on a honeymoon trip* C'est pas terrible *(slang) It's not that great* son conjoint *her spouse* la burette de la machine à coudre *the sewing machine oilcan* articulations coxofémorales, *f.pl. hip bone articulations*

Comme elle était bien élevée, elle ne fit aucune remarque. À partir de ce jour, pourtant, le doute envahit son coeur.

«De menus détails inexpliqués lui revinrent alors à l'esprit: des grincements nocturnes, par exemple, qui ne pouvaient pas vraimant provenir du lit, tandis que son époux l'embrassait dans le secret de leur alcôve; ou bien le curieux tic-tac de réveil-matin° qui emplissait l'espace autour de lui.

«Blanche avait aussi découvert que ses yeux gris, assez inexpressifs, émettaient parfois des clignotements,° à droite ou à gauche, comme une automobile qui va changer de direction. D'autres signes encore, d'ordre mécanique, finirent par l'inquiéter tout à fait.

«Enfin, elle acquit la certitude d'anomalies plus troublantes encore, et véritablement diaboliques: son mari n'oubliait jamais rien! Sa stupéfiante mémoire, concernant les moindres événements quotidiens, ainsi que l'inexplicable rapidité des calculs mentaux qu'il effectuait chaque fin de mois, quand ils faisaient ensemble les comptes du ménage,° donnèrent à Blanche une idée perfide. Elle voulut en savoir davantage et conçut alors un plan machiavélique . . .»

Les enfants, cependant, ont l'un et l'autre vidé leur assiette. Et moi, je bous sur place, tant je suis impatient de quitter ce bistrot, pour savoir enfin où nous allons ensuite. Je hâte donc ma conclusion:

«Malheureusement, dis-je, la Dix-Septième Croisade éclata, juste à ce moment, et le robot fut mobilisé dans l'infanterie coloniale, au troisième régiment cuirassé.° Il s'embarqua au port de Marseille et alla faire la guerre, au Moyen-Orient,° contre les Palestiniens.°

«Comme tous les chevaliers portaient des armures articulées en acier inoxydable, les particularités physiques du robot passèrent désormais inaperçues. Et il ne revint jamais dans la douce

un réveil-matin *an alarm clock*   des cligotements *m. blinking*   les comptes du ménage *the household accounts*   la Dix-septième Croisade . . . . cuirassé *Although there were only 8 Crusades, this is a tale of love and science fiction, and it is logical that a metallic robot should be drafted in an armored regiment!*   *The terms Moyen-Orient and Palestiniens are, of course, amusingly anachronistic, but that is where the Crusaders went, and whom they fought, if by another name*

France, car il mourut bêtement, un soir d'été, sans attirer l'attention, sous les murs de Jérusalem. La flèche empoisonnée d'un Infidèle° avait causé un court-circuit à l'intérieur de son cerveau électronique.»

Marie fait la moue.°

«La fin est idiote, dit-elle. Tu as eu quelques bonnes idées, mais tu n'as pas su les exploiter intelligemment. Et, surtout, tu n'es parvenu, à aucun moment, à rendre tes personnages vivants et sympathiques. Quand le héros meurt, à la fin, les auditeurs ne sont pas émus du tout.

—Quand le héros mourut, tu ne fus pas émue?» dis-je en plaisantant.

Cette fois, j'ai en tout cas obtenu un joli sourire amusé de mon trop exigeant professeur de narration. Elle me répond sur le même ton parodique:

«J'eus quand même un certain plaisir à vous écouter, cher ami, lorsque vous nous racontâtes ce bal, où ils firent connaissance et fleuretèrent.° Quand nous eûmes fini notre dîner, Jean et moi, nous le regrettâmes, car vous abrégeâtes alors votre récit: nous sentîmes aussitôt votre soudaine hâte . . .» Puis, changeant de ton: «Plus tard, je veux faire des études pour devenir héroïne de roman. C'est un bon métier, et cela permet de vivre au passé simple. Tu ne trouves pas que c'est plus joli?

—J'ai encore faim, dit à ce moment son frère. Maintenant, je veux une pizza.»

C'est une plaisanterie, probablement, car ils rient tous les deux. Mais je ne comprends pas pourquoi. Cela doit faire partie de leur folklore privé. Il y a ensuite un très long silence qui me paraît comme un trou dans le temps, ou comme un espace blanc entre deux chapitres. Je conclus que du nouveau va sans doute se produire. J'attends.

Mes jeunes compagnons paraissent attendre, eux aussi. Marie prend son couteau et sa fourchette, elle s'amuse un instant à les

---

un Infidèle *was the name the Christian Crusaders gave to their Moslem opponents (lit: a man of the wrong faith)*   Marie fait la moue *Marie pouts*
ils fleuretèrent *they flirted (to flirt comes from the old French verb,* fleureter)

faire tenir en équilibre, l'un contre l'autre, en joignant les extrémités; puis elle les dispose en croix au milieu de la table. Elle met un tel sérieux dans ces exercices anodins, une telle précision calculée, qu'ils acquièrent à mes yeux une valeur de signes cabalistiques.

Je ne connais malheureusement pas la façon d'interpréter ces figures. Et peut-être n'ont-elles pas véritablement de signification. Marie, comme tous les enfants et les poètes, se plaît à jouer avec le sens et le non-sens. Sa construction achevée, elle sourit, pour elle-même. Jean boit le fond de son verre. Ils se taisent tous les deux. Qu'attendent-ils ainsi?

C'est le gamin qui rompt le silence:

«Non, dit-il, ne craignez rien. La pizza, c'était pour vous faire enrager. D'ailleurs, cela fait plusieurs mois qu'on ne vend plus, dans ce café, que des croque-monsieur et des sandwiches. Vous vous demandiez ce que nous attendions ici, n'est-ce pas? L'heure de se mettre en route n'était pas venue, tout simplement. À présent, nous allons partir.»

De même que sa soeur, ce garçon s'exprime presque comme un adulte. Lui, de plus, me vouvoie. Il n'a pas prononcé autant de paroles depuis que nous nous sommes aperçus pour la première fois, il y a plus d'une heure. Mais, maintenant, j'ai compris pourquoi il se taisait aussi obstinément.

Sa voix est, en effet, en pleine mue;° et il craint le ridicule de ses intonations cassées, qui se produisent à l'improviste° au milieu de ses phrases. Cela explique aussi, peut-être, pourquoi sa soeur et lui riaient: le mot «pizza» doit comporter des sonorités particulièrement redoutables pour ses cordes vocales.

Marie me fournit alors, enfin, la suite de notre programme: elle-même est obligée de rentrer à la maison (quelle maison?) pour faire ses devoirs° (des devoirs de mensonge?), tandis que son frère va me conduire à une réunion secrète, où je vais recevoir des instructions précises. Mais je dois, pour ma part, ignorer l'emplacement de ce rendez-vous. On va donc me déguiser en aveugle, avec des lunettes noires à verres totalement opaques.

---

en pleine mue *in the middle of changing*   à l'improviste *unexpectedly*
devoirs, *m. homework*

EXERCICES

Révision grammaticale utile à la bonne assimilation du texte: *Le passé composé et l'imparfait, le passé simple (ou passé historique, ou passé défini)*

A. COMPRÉHENSION GÉNÉRALE

a. Répondez aux questions sans reproduire le texte exact.

1. Comment un marin pouvait-il travailler dans un café-brasserie?
2. Qu'est-ce qu'une *histoire à dormir debout?*
3. Comment Marie peut-elle expliquer que, si Simon est son père, elle n'a pas passé son enfance avec lui?
4. Pourquoi avait-elle toujours besoin de sommeil quand elle était avec les bohémiens?
5. Comment explique-t-elle que Simon n'ait pas pu retrouver les enfants?
6. Pourquoi Marie insiste-t-elle pour que Simon lui raconte une histoire au *passé historique?* Qu'est-ce que ce temps implique?
7. Résumez brièvement, et au passé ordinaire, l'aventure de ce robot et de cette jeune dame.
8. Vend-on encore des pizzas dans ce café-brasserie? Pourquoi Jean en demande-t-il?
9. Où va-t-on conduire Simon, maintenant? Qui va le conduire?
10. Comment va-t-on maintenant déguiser Simon?

Expression non-verbale de votre compréhension

b. Montrez par un geste, un mouvement, une expression, ce que veut dire pour vous:

1. Marie mâche avec lenteur et application. / 2. Il huilait le mécanisme de ses articulations. / 3. Je bous sur place parce que je suis impatient. / 4. Marie fait la moue. / 5. Marie prend son crayon et son stylo, et s'amuse à les faire tenir en équilibre en joignant les extrémités. / 6. Ensuite, Marie les dispose en croix sur la table. / 7. Jean boit le fond de son verre. / 8. On va me déguiser en aveugle avec des lunettes noires à verres totalement opaques.

B. VOCABULAIRE

a. Complétez chaque phrase par un des termes suivants:

permission	histoire à dormir debout	bohémiens
roulotte	cauchemar	coulisses
tristesse	bouchée	voyage de noces
conjoint	grincement	réveil-matin
clignotement		

1. Une lumière qui s'allume et s'éteint périodiquement fait des _____ .
2. Quand un soldat ou un marin a quelques jours de liberté, c'est une _____ .
3. Le _____ sonne le matin quand il est l'heure de vous lever.
4. Les _____ n'ont pas de résidence fixe et voyagent sans cesse.
5. Un très mauvais rêve est _____ .
6. Une mécanique qui n'est pas bien huilée fait entendre des _____ .
7. Une _____ est la quantité de nourriture que l'on met dans sa bouche à la fois.
8. Le contraire de *la joie*, c'est _____ .
9. Au théâtre, quand les acteurs ne sont pas en scène, ils sont dans les _____ .
10. Le voyage qui suit le mariage s'appelle _____ .
11. La personne avec qui vous êtes marié(e) s'appelle votre _____ . (Et au féminin, votre _____)
12. Une histoire absolument impossible est souvent qualifiée d(e) _____ .
13. Un véhicule primitif de camping, c'est _____ .

b. Verbes. Complétez chaque phrase par un des verbes suivants:

rôder	mâcher	raconter	rougir
se marier	découvrir	vider	revenir
permettre	sourire	craindre	

1. Vous avez peur d'un homme qui _____ le soir autour de votre maison.
2. Un verbe qui a approximativement le même sens que *avoir peur*, c'est _____ .
3. Pour indiquer vos bons sentiments, vous _____ gentiment aux gens que vous rencontrez.
4. Les Américains ont la réputation de constamment _____ du chewing gum.
5. Vous avez très soif. Alors, vous _____ un grand verre d'eau.
6. Marie veut que Simon lui _____ une histoire d'amour et de science fiction.
7. Simon est déjà venu dans ce café-brasserie. Mais il y _____ avec les deux enfants.
8. Vous _____ quand on vous fait un compliment, parce que vous êtes modeste.

9. Est-ce que des parents _____ normalement à leurs enfants de sortir avec un étranger?
10. Si vous faites un grand voyage, alors vous _____ une partie du monde.
11. Certaines personnes préfèrent rester célibataires, mais beaucoup de gens désirent au contraire _____ .

c. Quelle est la phrase qui correspond au sens du texte?

1. Simon est vraiment russe. / Simon n'est pas russe.
2. Des bohémiens ont rencontré les enfants / ont enlevé les enfants.
3. Marie dormait sur un trapèze volant / dans la cage du tigre.
4. Simon n'a pas retrouvé les enfants parce qu'il ne les a pas cherchés / parce qu'il regardait surtout les jolies femmes dans les cirques.
5. Le passé historique indique qu'une histoire est vraie. / Il indique que c'est une histoire, avec suspension de la crédulité.
6. Marie aime énormément l'histoire de Simon. / Elle la trouve acceptable, sans plus.
7. Les enfants disent à Simon où ils vont le conduire. / que Jean va le conduire à un rendez-vous secret.

C. GRAMMAIRE: Le passé composé et l'imparfait. Le passé simple

Note: On emploie le *passé composé* pour une action (*what someone did, or what happened*). On emploie *l'imparfait* pour indiquer l'action continue ou répétée dans le passé, et surtout, la description.

Exemples
Simon et les enfants *ont mangé* et *bu.*
Marie *a demandé* une histoire à Simon.

Marie a demandé comment *vivaient* les gens à Moscou.
Le tigre *avait* des cauchemars.
Les bohémiens *habitaient* dans une roulotte.

Le passé simple (aussi appelé passé historique, ou passé défini, ou passé littéraire) remplace le passe composé. Il ne remplace pas l'imparfait.
On l'emploie dans les textes à intention littéraire, et on l'emploie aussi, dans les contes pour les enfants, pour indiquer que ce n'est pas une histoire *vraie.*

Exemple
Tu *es allé* chez ta grand-mère hier. (Vrai)
Le Petit Chaperon Rouge *alla* chez sa grand-mère. (C'est un conte, ce n'est pas vrai.)

a. Mettez les phrases suivantes au passé en employant le passé composé et/ou l'imparfait:

1. Ce garçon *est* marin quand il *est* en vie.
2. *Mangez-vous* des croque-monsieur quand vous *êtes* à Paris?

3. Le tigre *a* des cauchemars et il *rugit* toute la nuit.
4. Le robot *épouse* la jeune dame et ils *partent* en voyage de noces.
5. Il *fait* toujours les même gestes et il *dit* toujours les mêmes choses.
6. Marie *trouve* l'histoire assez bonne, et elle *rit*.
7. C'*est* un problème difficile, alors vous *réfléchissez*.
8. J'*ouvre* la porte quand vous *arrivez*.
9. Simon *obtient* un sourire de Marie, et elle lui *fait* un signe.
10. Pendant que Simon *parle*, Marie *s'amuse* à jouer avec son couteau.
11. On *déguise* Simon en aveugle et on lui *met* des lunettes noires.
12. Il *accepte* ces idées étranges, parce qu'il *veut* revoir Djinn.

Le passé simple. Le passé simple remplace le passé composé. L'imparfait reste imparfait.

b. Mettez les phrases suivantes au passé simple et/ou l'imparfait:

1. Le robot *rencontre* la jeune dame et ils *tombent* amoureux.
2. Blanche *pense* que son mari *est* étrange.
3. Le robot *part* à la guerre, il *s'embarque* à Marseille. Il ne *revient* jamais en France.
4. Il *meurt* d'un court-circuit. C'*est* bien triste.
5. L'histoire ne nous *dit* pas si Blanche *épouse* un autre robot ou si elle *préfère* un homme plus ordinaire.

D. EXPRESSION PERSONNELLE

1. Pourquoi cette petite fille est-elle si étrange? Expliquez comment et pourquoi elle est différente des enfants ordinaires.

2. Que pensez-vous de l'histoire d'amour et de science-fiction? Aimez-vous les contes, ou préférez-vous les histoires qui, bien que fausses, vous donnent l'impression qu'elles peuvent être vraies? Pourquoi? Et qu'est-ce que cela indique sur votre caractère? (Simon est rêveur et chimérique. Êtes-vous au contraire réaliste et pratique?)

3. Résumez les impressions que vous laisse cette scène.

4. Continuez à chercher dans ce texte les éléments qui le distinguent d'un roman classique, afin de déterminer ce que c'est que le *Nouveau Roman*. Qu'est-ce qui semble illogique? Bizarre? Inexpliqué ou inexplicable?

Les précautions et les mystères, entretenus autour de ses activités par cette organisation clandestine, deviennent de plus en plus extravagants. Mais je suis convaincu qu'il y a là une grande part de jeu, et, de toute façon, j'ai décidé de poursuivre l'expérience jusqu'au bout. Il est facile de deviner pourquoi!

Je feins° donc de juger toute naturelle l'apparition, quasi miraculeuse, des objets nécessaires à mon déguisement: les lunettes annoncées, ainsi qu'une canne blanche. Jean est allé tranquillement les prendre dans un coin de la salle de café, où ils attendaient, tout près de l'endroit où nous mangions.

Les deux enfants avaient évidemment choisi cette table, peu commode et mal éclairée, à cause de sa proximité immédiate de leur cachette. Mais qui a mis là ces accessoires? Jean, ou Marie, ou bien l'étudiante à la veste rouge?

Celle-ci avait dû me suivre depuis mon départ de l'atelier aux mannequins, où Djinn m'a engagé à son service. Elle pouvait avoir emporté déjà la canne et les lunettes. Elle m'a suivi jusqu'à cette brasserie, où elle est entrée quelques secondes après moi. Elle a pu déposer aussitôt les objets en question, dans ce coin, avant de s'asseoir à une table proche de la mienne.

Pourtant, je m'étonne de n'avoir rien remarqué de ces allées et venues.° Quand j'ai découvert sa présence, l'étudiante était déjà assise et lisait calmement son gros livre d'anatomie. Mais je me complaisais, à ce moment-là, dans des imaginations amoureuses, euphoriques et vagues, qui nuisaient probablement à mon sens des réalités.

Une autre question me rend encore plus perplexe. C'est moi qui ai voulu prendre un café dans cette brasserie-là, la fausse étudiante n'a fait que me suivre. Or, je pouvais, aussi bien, choisir un autre établissement sur l'avenue (ou même ne pas boire de café). Comment, dans ces conditions, les enfants ont-ils été prévenus, par leur complice, de l'endroit où ils allaient trouver la canne et les lunettes?

D'autre part, Marie parlait au serveur, en arrivant, comme si elle le connaissait très bien. Et Jean savait quels mets étaient disponibles, parmi ceux qui sont offerts, plus ou moins falla-

---

Je feins *I pretend, I feign*   ces allées et venues *these comings and goings*

cieusement, par l'affiche suspendue au-dessus du bar. Enfin, ils ont prétendu° que leur mère devait venir bientôt, pour régler l'addition° de notre repas; alors qu'il suffisait de me laisser payer moi-même cette modeste somme. Le garçon de café n'a émis aucune objection. Il a visiblement confiance dans ces enfants, qui se conduisent tout à fait comme des habitués.

Tout se passe donc comme si j'étais entré, par hasard, justement dans la brasserie qui leur sert de cantine et de quartier général. C'est assez invraisemblable. Cependant, l'autre explication possible paraît encore plus étrange: ce n'était pas «par hasard»; j'ai au contraire été conduit vers ce bistrot, à mon insu,° par l'organisation elle-même, pour rencontrer l'étudiante qui m'attendait là.

Mais, dans ce cas, comment ai-je été «conduit»? De quelle manière? Au moyen de quelle mystérieuse méthode? Plus je réfléchis à tout cela, moins les choses s'éclaircissent,° et plus je conclus à la présence ici d'une énigme ... Si je résolvais d'abord le problème de la liaison entre les enfants et l'étudiante en médecine ... Hélas, je ne résous rien du tout.

Tandis que je remuais ces pensées dans ma tête, Jean et sa soeur mettaient en place les lunettes noires sur mes yeux. Les bords caoutchoutés de la monture, de forme engainante,° s'adaptaient parfaitement à mon front, à mes tempes, à mes pommettes,° J'ai aussitôt constaté que je ne pouvais rien voir par les côtés, ni vers le bas, et que je ne distinguais rien non plus à travers les verres, qui sont réellement opaques.

Et maintenant, nous marchons sur le trottoir de l'avenue, côte à côte, le gamin et moi. Nous nous tenons par la main. De ma main libre, la droite, je tends la canne blanche en avant, sa pointe balayant l'espace devant mes pas, à la recherche d'éventuels obstacles. Au bout de quelques minutes, je me sers de cet accessoire avec un parfait naturel.

Je médite, tout en me laissant guider ainsi en aveugle, à cette curieuse dégradation progressive de ma liberté depuis que j'ai pénétré, à six heures et demie du soir, dans le hangar aux

---

ils ont prétendu *they claimed*   régler l'addition *to pay the bill*   à mon insu *without my knowledge*   les choses s'éclaircissent *things become clearer*   de forme engainante *of a tight-fitting shape*   à mon front ...   pommettes *to my forehead, my temples and my cheekbones*

mannequins, encombré de marchandises au rebut et de machines hors d'usage, où «Monsieur Jean» m'avait convoqué.

Là, non seulement j'ai accepté d'obéir aux ordres d'une fille de mon âge (ou même plus jeune que moi), mais encore je l'ai fait sous la menace offensante d'un revolver (au moins hypothétique), qui détruisait toute impression d'un choix volontaire. De plus, j'ai admis, sans un mot de protestation, de rester dans une ignorance totale de ma mission exacte et des buts poursuivis par l'organisation. Je n'ai nullement souffert de tout cela; je me suis, au contraire, senti heureux et léger.

Ensuite une étudiante peu aimable, dans un café, m'a contraint par ses airs d'inspectrice, ou de maîtresse d'école, à prendre un chemin qui ne me paraissait pas le meilleur. Cela m'a conduit à soigner un prétendu blessé qui gisait à terre sans connaissance,° mais qui en fait se jouait de moi.

Quand je l'ai appris, je ne me suis pas plaint de ce procédé déloyal. Et je me suis vu bientôt, cette fois, obéissant à une gamine de dix ans à peine, menteuse et mythomane de surcroît.° En dernier lieu, j'ai fini par accepter de perdre aussi l'usage de mes yeux, après avoir perdu successivement celui de mon libre arbitre° et celui de mon intelligence.

Si bien que j'agis désormais sans rien comprendre à ce que je fais ni à ce qui arrive, sans même savoir où je me rends, sous la conduite de cet enfant peu bavard, qui est peut-être épileptique. Et je ne cherche nullement à enfreindre la consigne en trichant° un peu avec les lunettes noires. Il suffit sans doute de faire glisser légèrement la monture, sous prétexte de me gratter le sourcil, de manière à créer un interstice° entre le bord en caoutchouc et le côté du nez...

Mais je n'entreprends rien de tel. J'ai bien voulu être un agent irresponsable. Je n'ai pas craint de me laisser bander les yeux. Bientôt, si cela plaît à Djinn, je vais devenir moi-même une sorte de robot rudimentaire. Je me vois déjà dans une chaise de paralytique, aveugle, muet, sourd, ... que sais-je encore?

J'ai souri pour moi-même à cette évocation.

---

gisait ... connaissance *lying unconscious on the ground*   de surcroît *moreover*   mon libre arbitre *my free will*   enfreindre ... en trichant *break the rules by cheating*   un interstice *a crack*

«Pourquoi riez-vous?», demande Jean.

Je réponds que ma situation présente me paraît plutôt comique. Le garçon reprend alors, en citation, une phrase que j'ai déjà entendue dans la bouche de sa soeur, lorsque nous étions au café:

«L'amour, dit-il, ça fait faire de grandes choses.»

J'ai cru d'abord qu'il se moquait de moi; et j'ai répondu, avec un certain agacement, que je ne voyais pas le rapport. Mais, à la réflexion, cette remarque du gamin m'apparaît surtout inexplicable. Comment connaît-il cet espoir amoureux (quasi absurde et, en tout cas, secret) que je me suis à peine avoué à moi-même?

«Si, reprend-il de sa voix qui hésite sans cesse entre le grave et l'aigu, il y a un rapport évident: l'amour est aveugle, c'est connu. Et, de toute manière, vous ne devez pas rire: être aveugle, c'est triste.»

Je vais lui demander s'il conclut donc que l'amour est triste (ce qui ressort, en un parfait syllogisme, de ses deux propositions concernant la qualité d'aveugle), quand un événement se produit qui met fin à notre conversation.

Nous étions arrêtés, depuis quelques instants, au bord d'un trottoir (j'avais perçu l'arête de pierre° avec le bout ferré de ma canne) et j'avais cru que nous attendions le signal lumineux donnant aux piétons l'autorisation de traverser. (Il n'existe pas, chez nous, de signal musical pour les aveugles, comme c'est le cas dans beaucoup de villes du Japon.) Mais je m'étais mépris. Cet endroit devait être une station de taxi, où Jean a attendu l'arrivée d'une voiture libre.

Il me fait en effet monter dans une automobile d'assez grosse taille, me semble-t-il, d'après la commodité de la portière que je franchis à tâtons.° (J'ai abandonné ma canne à mon guide.) Je m'installe sur ce qui doit être la banquette arrière, large et confortable.

Pendant que je m'asseyais, Jean a claqué la porte et a dû faire le tour du véhicule, afin de monter lui-même par la portière gauche: j'entends qu'on l'ouvre, que quelqu'un s'introduit à l'intérieur et s'assied à côté de moi. Et ce quelqu'un est bien le

---

l'arête de pierre *the stone edge*   à tâtons *gropingly*

gamin, car sa voix aux déchirures° inimitables dit, à l'adresse du chauffeur:

«Nous allons là, s'il vous plaît.»

Je perçois en même temps un léger bruit de papier. Au lieu d'annoncer oralement à quel endroit nous désirons nous rendre, Jean a tendu vraisemblablement au chauffeur un morceau de papier où l'adresse a été écrite (par qui?). Ce subterfuge permet de me laisser dans l'ignorance de notre destination. Comme c'est un enfant qui l'utilise, le procédé ne peut étonner le chauffeur.

Et si ce n'était pas un taxi?

déchirures *f. breaks*

EXERCICES

A. COMPRÉHENSION GÉNÉRALE

a. Répondez aux questions sans reproduire le texte exact.

1. Quels sont les objets nécessaires au déguisement de Simon en aveugle?
2. Où étaient ces objets? Qui les a donnés à Simon? Celui-ci est-il surpris?
3. Simon essaie de comprendre cette suite d'événements étranges. A-t-il trouvé une explication?
4. Comment Simon, déguisé en aveugle, marche-t-il dans la rue?
5. Pourquoi Jean a-t-il dit à Simon qu'il ne devait pas rire?
6. Quelle est la phrase, déjà prononcée par Marie, et répétée par Jean, qui étonne Simon?
7. Comment Jean a-t-il emmené Simon au rendez-vous secret?
8. Par quel subterfuge Jean a-t-il laissé Simon dans l'ignorance de leur destination?

Expression non-verbale de votre compréhension

b. Montrez par un geste, un mouvement, une expression, ce que veut dire pour vous:

1. Nous nous tenons par la main. / 2. De ma main libre, la droite, je tends la canne blanche en avant, sa pointe balayant l'espace devant mes pas, à la recherche d'éventuels obstacles. / 3. Je me suis senti heureux et léger. / 4. Un prétendu blessé gisait à terre sans connaissance. / 5. Pour voir malgré mes lunettes noires, il suffit de faire glisser légèrement la monture de manière à créer un interstice entre le bord de caoutchouc et le côté du nez. / 6. Je suis monté à tâtons dans une automobile. / 7. Jean a tendu au chauffeur un morceau de papier sur lequel l'adresse a été écrite.

B. VOCABULAIRE

a. Noms—Complétez les phrases suivantes par un des noms de cette liste:

mets	habitué	tempe	pommette
front	quartier général	bistrot	blessé
consigne	caoutchouc	piéton	banquette
endroit			

1. Des instructions formelles, de faire, ou de ne pas faire certaines choses, c'est _____ .
2. Dans un restaurant, on sert plusieurs plats, qu'on appelle aussi des _____ .

3. Si vous allez souvent dans le même restaurant, café, etc., vous êtes un
_____ de cet endroit.

4. Sur votre visage, le _____ est entre les yeux et la ligne de vos cheveux.
Les _____ sont à chaque côté de votre nez, en-dessous de vos yeux. Les
_____ sont à droite et à gauche de vos yeux.

5. Le mot _____ est un terme général pour un café, une brasserie, un endroit en général où on peut boire et manger.

6. Dans une guerre, ou un accident grave, il y a, hélas, des morts et des
_____ .

7. Le _____ est une substance élastique, d'origine végétale.

8. Le chauffeur d'une voiture n'aime pas beaucoup, en général, les conseils
qui lui viennent des passagers de _____ arrière.

9. Dans les rues, en France, les automobilistes ont tous les droits. Les
_____ n'en ont pas!

10. La meilleure traduction, en général, pour le terme anglais *a place,* c'est
le mot français, un _____ .

11. Le _____ , c'est l'endroit central d'organisation d'une opération, militaire
ou autre.

b. Adjectifs.

faux/fausse	invraisemblable	amoureux/amoureuse
aimable	menteur/menteuse	mythomane
large	léger/légère	

1. Le contraire de *vrai,* c'est _____ . Et le contraire de *vraie,* c'est _____ .

2. Le contraire de *lourd,* c'est _____ . Et le contraire de *lourde,* c'est _____ .

3. Le contraire de *étroit* ou *étroite,* c'est _____ .

4. Si une histoire n'est pas probable, et même peut-être impossible, elle est
_____ .

5. Si une personne est gentille, souriante, pleine de bonnes intentions, cette
personne est _____ .

6. Vous tombez _____ (féminin: _____) quand vous commencez à aimer
une autre personne.

7. Quelqu'un qui dit des mensonges est un _____ ou une _____ . Mais si
cette habitude est une véritable maladie, il/elle est _____ .

c. Quelle est la phrase qui correspond au sens du texte?

1. Simon pense que cette affaire est entièrement sérieuse / qu'elle contient
une grande part de jeu.

2. Il montre sa surprise quand il voit les objets de son déguisement. / Il ne
montre pas sa surprise.

3. C'est l'étudiante à la veste rouge qui a placé ces objets. / On ne sait pas
qui les a placés là.

4. Le café-brasserie sert tous les mets affichés / ne sert pas tous les mets
affichés.

5. Les lunettes noires sont en place, mais Simon voit un peu par le bas. / Simon ne voit rien du tout.
6. Simon est furieux de toute cette aventure extravagante. / Simon accepte très bien les conditions de cette aventure.
7. La voix de Jean est caractéristique. / C'est une voix très ordinaire.
8. Simon monte dans la voiture avec Jean et Marie. / Il monte avec Jean. / Il monte seul.

C. GRAMMAIRE

a. *Formez une phrase interrogative, avec* qui, qu'est-ce que/qui, quand, pourquoi, ou,

Exemple
Quelqu'un a placé ces objets dans le coin. Qui a placé ces objets dans le coin?

1. *Quelqu'un* a organisé cette mise en scène.
2. *Quelque chose* va arriver a Simon.
3. Simon va *à un rendez-vous secret.*
4. L'étudiante est arrivée au café *avant Simon.*
5. Les enfants mangent *des croque-monsieur.*
6. Simon accepte le déguisement *parce qu'il est amoureux.*
7. Simon est en train de perdre *sa liberté!*
8. *Un homme mystérieux* conduit ce taxi.
9. Le restaurant sert *des mets très ordinaires.*
10. Cette scène a lieu *dans un café.*

b. *Le passé. Quel est le passé composé de:*

je découvre	je mets	je lis
je feins	j' attends	je préviens
j' obtiens	je suis (suivre)	je prétends
je choisis	je bois	je fais
je tends	j' entends	je résouds
je crains	je connais	je veux
je vais	je sors	je reste
j' entre	j' arrive	je meurs
je pars	je deviens	je monte
je descends	je tombe	je nais
je me demande	je m'assois	Les enfants se consultent.
il me conduit	je m'amuse	Ces gens se rencontrent.
je me vois	je m'étonne	Cette histoire se complique.

Quel est l'imparfait de:

je réfléchis	je viens	je comprends
j' ouvre	je finis	je mets
je cherche	je pars	je suis (suivre)
je tiens	je choisis	je rougis

c. Mettez le paragraphe suivant au passé (passé composé et imparfait):

Simon: «Il m'*arrive* une aventure extraordinaire. D'abord, je *réponds* à une annonce, et je *vais* à un rendez-vous dans un vieux hangar. Là, je *rencontre* une fille mystérieuse, qui me *dit* qu'elle est américaine. Il y *a* toute une mise en scène, avec des mannequins qui *ont* des revolvers. (Ce *sont* peut-être des vraies filles ... Je ne *sais* pas.)

Ce qui *se passe* ensuite *devient* de plus en plus bizarre: Un enfant *tombe* devant moi. Je *pense* qu'il *est* mort, mais il s'*est* évanoui. En fait, il *feint* simplement d'être évanoui. Puis, lui et sa soeur me *conduisent* dans ce café, me *déguisent* en aveugle ... Pourquoi est-ce que j'*accepte* tout ça? C'est parce que, ce soir-là, je *tombe* amoureux de cette fille qui *parle* avec un accent américain si enchanteur ...»

D. EXPRESSION PERSONNELLE

1. Les questions non résolues de Simon: Simon se pose un grand nombre de questions auxquelles il ne trouve pas de réponses vraisemblables. Formulez quelques-unes de ces questions. (Exemple: Qui a placé la canne et les lunettes noires dans ce café?)

2. «*Je suis convaincu qu'il y a là une grande part de jeu*», dit Simon. Mais *qui* joue ce jeu: Djinn? les enfants? Simon lui-même, qui vous a dit dans le premier chapitre qu'il était de caractère *chimérique et rêveur?*

3. La réalité autour de nous n'a pas d'existence objective. Elle est toujours perçue, par nous et par les autres. Est-il possible que Simon perçoive de façon extravagante des événements très ordinaires? Essayez de vous mettre à sa place et de voir la scène autrement.
(Nous connaissons tous des gens qui transforment tous les aspects de leur vie en quelque chose qui nous semble différent de la réalité, telle que *nous* la percevons ...)

4. *La perte de la liberté.* Simon admet qu'il est en train d'accepter *la dégradation progressive de sa liberté.* Qu'est-ce que la liberté? Et de quelles différentes manières Simon perd-il sa liberté? (Par exemple: Il est probablement constamment observé ...)
Mais, cette perte de liberté, est-elle réelle, ou simplement la conséquence du fait qu'il est amoureux?

5. Réunissez vos réponses aux questions précédentes, et voyez quel progrès vous avez fait dans votre éventuelle définition du *Nouveau Roman,* et de l'oeuvre de Robbe-Grillet en particulier.

5

Tandis que la voiture roulait, j'ai de nouveau pensé à l'absurdité de ma situation. Mais je n'ai pas réussi à prendre la décision d'y mettre fin. Cette obstination me surprenait moi-même. Je me la reprochais, tout en m'y complaisant.° L'intérêt que je porte à Djinn ne pouvait pas en être la seule cause. Il y avait aussi, certainement, la curiosité. Quoi d'autre encore?

Je me sentais entraîné dans un enchaînement° d'épisodes et de rencontres, où le hasard° ne jouait sans doute aucun rôle. C'était moi seulement qui n'en saisissais pas la causalité profonde. Ces mystères successifs m'ont fait penser à une sorte de course au trésor:° on y progresse d'énigme en énigme, et l'on n'en découvre la solution que tout à la fin. Et le trésor, c'était Djinn!

Je me suis posé des questions, également, sur le genre de travail que l'organisation attendait de moi. Craignait-on de m'en parler ouvertement? Était-ce une besogne si peu avouable?° Que

tout en m'y complaisant *while enjoying it*   un enchaînement *a linking, a succession*   le hasard *chance*   une course au trésor *a treasure hunt*   une besogne si peu avouable *such a suspicious kind of work*

signifiaient ces longs préliminaires? Et pourquoi m'y laissait-on si peu d'initiative?

Cette absence totale d'information, je l'espérais quand même provisoire:° peut-être devais-je d'abord passer par cette première phase, où l'on me mettait à l'épreuve.° La course au trésor devenait ainsi, dans mon esprit romanesque, comme un voyage initiatique.

Quant à ma récente transformation en ce personnage classique d'aveugle guidé par un enfant, elle représentait sans aucun doute une façon d'éveiller la compassion des gens, et par conséquent d'endormir la méfiance. Mais, pour passer inaperçu° dans la foule, comme on me l'avait formellement recommandé, cela me paraissait un moyen très discutable.

En outre, un sujet précis d'inquiétude revenait sans cesse dans mes préoccupations: où allions-nous en ce moment? Quelles rues, quels boulevards suivions-nous? Vers quelles banlieues roulions-nous ainsi? Vers quelle révélation? Ou bien, vers quel nouveau secret? Le trajet pour y parvenir allait-il être long?

Ce dernier point surtout—la durée du parcours en voiture—me tracassait,° sans raison précise. Peut-être Jean était-il autorisé à me le dire? À tout hasard, je le lui ai demandé. Mais il m'a répondu qu'il n'en savait rien lui-même, ce qui m'a paru encore plus étrange (dans la mesure, du moins, où je l'ai cru).

Le chauffeur, qui entendait tout ce que nous disions, est alors intervenu pour me rassurer:

«Ne vous en faites pas.° On va y être bientôt.»

Mais j'ai perçu au contraire dans ces deux phrases, je ne sais pourquoi, une vague menace. De toute manière, ça ne voulait pas dire grand-chose. J'ai écouté les bruits de la rue, autour de nous, mais ils ne fournissaient aucun indice sur les quartiers que nous traversions. Peut-être la circulation y était-elle cependant moins animée.

Ensuite, Jean m'a offert des bonbons à la menthe. Je lui ai répondu que j'en voulais bien un. Mais c'était plutôt par politesse. Alors il m'a touché le bras gauche, en disant:

---

provisoire *temporary*   mettre à l'épreuve *to put to the test*   inaperçu *unnoticed*   me tracassait *preoccupied me*   Ne vous en faites pas *(idiomatic) Don't worry*

«Tenez. Donnez-moi votre main.»

Je la lui ai tendue, paume ouverte. Il y a déposé une pastille à moitié fondue, un peu collante,° comme en ont tous les enfants dans leurs poches. Je n'en avais vraiment plus aucune envie, mais je n'osais pas l'avouer au donateur: une fois la pastille acceptée, il devenait impossible de la lui rendre.

Je l'ai donc introduite dans ma bouche, tout à fait à contrecoeur. Je lui ai tout de suite trouvé un goût bizarre, fade et amer° à la fois. J'ai eu très envie de la recracher.° Je m'en suis abstenu, toujours pour ne pas vexer le gamin. Car, ne le voyant pas, je ne savais jamais s'il n'était pas justement en train de m'observer.

Je découvrais là une conséquence paradoxale de la cécité:° un aveugle ne peut plus rien faire en cachette!° Les malheureux qui ne voient pas craignent continuellement d'être vus. Pour échapper à cette sensation désagréable, dans un réflexe assez illogique, j'ai fermé les yeux derrière mes lunettes noires.

. . .

J'ai dormi, j'en suis convaincu; ou, du moins, j'ai sommeillé. Mais j'ignore pendant combien de temps.

«Réveillez-vous, a dit la voix du gamin, nous descendons ici.»

Et il me secouait un peu, en même temps. Je soupçonne à présent cette pastille de menthe, à la saveur suspecte, d'être un bonbon narcotique; car je n'ai guère l'habitude de m'endormir ainsi en voiture. Mon ami Jean m'a drogué, c'est plus que probable, comme il avait dû en recevoir l'ordre. De cette manière, je ne connais même pas la durée du parcours que nous venons d'accomplir.

La voiture est arrêtée. Et mon jeune guide a déjà payé le prix de la course (si, toutefois, il s'agit vraiment d'un taxi, ce qui me semble de moins en moins sûr). Je ne perçois plus aucune présence à la place du chauffeur. Et j'éprouve le sentiment confus de ne plus me trouver dans la même automobile.

J'ai beaucoup de mal à reprendre mes esprits. L'obscurité où je suis encore plongé rend plus pénible mon réveil, et le laisse

---

une pastille . . . collante *a half melted, sticky piece of candy*   fade et amer *both tasteless and bitter*   la recracher *to spit it out*   la cécité *blindness*   en cachette *in hiding, unseen*

aussi plus incertain. J'ai l'impression que mon sommeil se prolonge, pendant que je suis en train de rêver que j'en sors. Et je ne
possède plus la moindre idée de l'heure.

«Dépêchez-vous. Nous ne sommes pas en avance.»

Mon ange gardien s'impatiente et me le fait savoir sans
ménagement, de sa drôle de voix qui déraille. Je m'extrais avec
peine de la voiture, et je me mets debout tant bien que mal.° Je
me sens tout étourdi,° comme si j'avais trop bu.

«Maintenant, dis-je, rends-moi ma canne.»

Le gamin me la met dans la main droite, et il saisit ensuite
la gauche, pour m'entraîner avec vigueur.

«Ne va pas si vite. Tu vas me faire perdre l'équilibre.

—Nous allons être en retard, si vous traînez.

—Où allons-nous à présent?

—Ne me le demandez pas. Je n'ai pas le droit de vous le dire.
Et d'ailleurs, ça n'a pas de nom.»

L'endroit est, en tout cas, bien silencieux. Il me semble qu'il
n'y a plus personne autour de nous. Je n'entends ni paroles ni
bruit de pas. Nous marchons sur du gravier. Puis le sol change.
Nous franchissons un seuil° et nous pénétrons dans un bâtiment.

Là, nous accomplissons un parcours assez compliqué, que le
gamin a l'air de connaître par coeur, car il n'hésite jamais aux
changements de direction. Un plancher de bois a succédé à la
pierre du début.

Ou bien, il y a quelqu'un d'autre, maintenant, qui nous accompagne, ou plutôt qui nous précède, afin de nous montrer le
chemin. En effet, si je m'arrête un instant, mon jeune guide, qui
me tient par la main, s'arrête aussi, et je crois alors distinguer,
un peu plus en avant, un troisième pas qui continue encore pendant quelques secondes. Mais il est difficile de l'affirmer.

«Ne vous arrêtez pas», dit le gamin.

Et quelques mètres plus loin:

étourdi *dazed*   Nous franchissons un seuil *We cross a threshold*   tant
bien que mal *the best I can*

«Faites attention, nous arrivons à des marches. Prenez la rampe de la main droite. Si votre canne vous gêne, donnez-la moi.»

Non, instinctivement, je préfère ne pas la lui abandonner. Je pressens comme un danger qui s'approche. Je saisis donc, de la même main, la rampe en fer et la poignée recourbée de la canne. Je me tiens prêt à toute éventualité. Si quelque chose de trop inquiétant survient, je m'apprête à arracher brusquement mes lunettes noires avec la main gauche (que le gamin tient assez mollement dans la sienne) et à brandir, avec la droite, ma canne ferrée en guise d'arme défensive.

Mais aucun événement alarmant ne se produit. Après avoir monté un étage, par un escalier très raide, nous arrivons rapidement à une salle où se tient, paraît-il, une réunion. Jean m'en a averti avant d'entrer, ajoutant à mi-voix:

«Ne faites pas de bruit. Nous sommes les derniers. Ne nous faisons pas remarquer.»

Il a ouvert doucement la porte et je le suis, toujours tenu par la main, comme un petit enfant. Il y a beaucoup de monde dans la pièce: je m'en rends compte° aussitôt d'après les très légers— mais très nombreux—bruits divers, de respirations, de toux retenues, de froissements d'étoffes,° de menus chocs ou glissements furtifs, de semelles râclant° imperceptiblement le plancher, etc.

Pourtant, tous ces gens se tiennent immobiles, j'en suis convaincu. Mais ils sont sans doute restés debout, et ils remuent un peu sur place, c'est forcé. Comme on ne m'a pas indiqué sur quoi m'asseoir, je ne le fais pas, moi non plus. Autour de nous, personne ne dit rien.

Et soudain, dans ce silence peuplé de multiples présences attentives, la surprise tant attendue arrive enfin. Djinn est là, dans la salle, sa jolie voix s'élève à quelques mètres de moi. Et je me sens, d'un seul coup, récompensé de toute ma patience.

×⟺×

je m'en rends compte *I realize it*   froissements d'étoffe *rubbing of*
fabric   râclant *scraping*

EXERCICES

Révision grammaticale utile à la bonne assimilation du texte: *Les verbes en re* ou *verbes du troisième groupe, et les verbes irréguliers en -oir*

A. COMPRÉHENSION GÉNÉRALE

a. Répondez aux questions suivantes sans reproduire le texte exact.

1. Quelles sont les pensées de Simon dans le taxi?
2. Essaie-t-il de voir, malgré ses lunettes? Pourquoi? Quelle valeur donne-t-il à sa situation bizarre?
3. Qu'est-ce que Jean lui a offert? Pourquoi l'a-t-il accepté?
4. Quelle conséquence paradoxale de la cécité Simon découvre-t-il?
5. Pourquoi Simon s'est-il endormi dans le taxi?
6. Pourquoi faut-il se dépêcher? Où vont-ils?
7. Simon et Jean sont-ils seuls dans la salle? Comment Simon le sait-il?
8. Enfin, dans cette obscurité, un son merveilleux ... Qu'est-ce que c'est?

Expression non-verbale de votre compréhension

b. Montrez par un geste, un mouvement, une expression, ce que veut dire pour vous:

1. Jean a offert à Simon des bonbons à la menthe en lui touchant le bras gauche. / 2. Simon lui a tendu sa main, la paume ouverte. / 3. Le bonbon était un peu collant. / 4. Simon l'a introduit dans sa bouche, à contre-coeur. / 5. (Deux personnes): Je dormais et Jean me secouait. / 6. Je m'extrais avec peine de la voiture. / 7. Faites attention. Nous arrivons à des marches. Prenez la rampe de la main droite. / 8. Je reste immobile, mais je remue un peu sur place. /

B. VOCABULAIRE

a. Complétez les phrases suivantes par un de ces termes:

banlieue	trajet	cécité	pastille
seuil	marches	toux	

1. La _____ est souvent le symptôme d'une maladie des bronches ou des poumons.
2. Les grandes villes sont entourées de _____ qui grandissent constamment.
3. On paie un taxi suivant la longueur du _____ .

4. Un escalier se compose d'une suite de _____ .
5. Le fait d'être aveugle, c'est _____ .
6. Un _____ est un lieu d'entrée, au sens propre et au sens figuré. Par exemple, votre porte d'entrée est au _____ de votre maison. Le moment où vous commencez à sentir une sensation s'appelle aussi le _____ de cette sensation.
7. Contre la toux, on prend du sirop ou des _____ .

b. **penser**   **réussir**   **craindre**   **écouter**
    répondre   **soupçonner**

(Employez la préposition à *ou de* quand elle est nécessaire.)

1. Ce taxi? Simon le _____ être autre chose qu'un taxi!
2. J'adore _____ jouer Mozart au piano.
3. Simon _____ identifier certains bruits dans la salle.
4. Vous n'avez peur de rien! Vous ne _____ monter en avion, en hélicoptère, _____ conduire en France?
5. N'oubliez pas de _____ lettres que vous recevez.
6. Je vous aime beaucoup et vous êtes en voyage. Je _____ vous, je vous téléphone et je vous écris souvent.

c. Quelques nouveaux verbes et expressions:

Ne vous en faites pas   **tracasser**   **brandir**
avertir   **parvenir**   **Je veux bien**
Je n'ai pas le droit

1. Si on vous demande de faire du mal à une autre personne, vous répondez: «Non, _____ , ce n'est pas bien.»
2. C'est un vieux principe, qu'il ne faut jamais _____ un revolver qui n'est pas chargé.
3. On vous invite à faire quelque chose qui vous fait plaisir. Vous répondez: «Je _____ . J'accepte avec plaisir.»
4. Quand vous vous faites du souci, des inquiétudes, c'est parce que quelque chose vous _____ .
5. Si vous êtes informé d'un danger qui menace un ami, vous _____ cet ami immédiatement.
6. « _____ à son but, ou à sa destination», veut dire la même chose que «arriver à son but, ou à sa destination.»
7. Si quelqu'un se tracasse inutilement, vous le rassurez et vous lui dites: « _____ . Tout ira bien.»

C. GRAMMAIRE: Les verbes du troisième groupe, ou verbes en -re et les verbes en -oir (qui sont tous irréguliers)

Conjugaison des verbes en *-re* (comme *rendre, attendre, vendre, entendre, introduire, interrompre*) qui sont réguliers et des verbes à conjugaison irrégulière (comme *prendre, mettre, vivre, suivre, craindre*)

a. La conjugaison régulière (participe passé: *-u*):

j(e)	entends	rends	vends	interromps
tu	entends	rends	vends	interromps
il/elle	entend	rend	vend	interrompt (légère irrégularité)
nous	entendons	rendons	vendons	interrompons
vous	entendez	rendez	vendez	interrompez
ils/elles	entendent	rendent	vendent	interrompent

b. Les conjugaisons irrégulières:

prendre (et *comprendre, apprendre, surprendre*): je prends, tu prends, il/elle prend, nous prenons, vous prenez, ils/elles prennent (*participe passé:* pris)

mettre (et *admettre, promettre, remettre,* etc.): je mets, tu mets, il/elle met, nous mettons, vous mettez, ils/elles mettent (*participe passé: mis*)

vivre, suivre, poursuivre, etc.: je vis, tu vis, il/elle vit, nous vivons, vous vivez, ils/elles vivent (*participe passé: vécu, suivi*)

introduire, conduire, séduire, etc.: j'introduis, tu introduis, il/elle introduit, nous introduisons, vous introduisez, ils/elles introduisent (*participe passé: -uit*)

boire: je bois, tu bois, il/elle boit, nous buvons, vous buvez, ils/elles boivent (*participe passé: bu*)

croire: je crois, tu crois, il/elle croit, nous croyons, vous croyez, ils/elles croient (*participe passé: cru*)

craindre (et peindre): je crains, tu crains, il/elle craint, nous craignons, vous craignez, ils/elles craignent (*participe passé: craint*)

c. Les verbes irréguliers en *-oir:*

avoir: j'ai, tu as, il a, nous avons, vous avez, ils ont (*participe passé: eu*)

recevoir (et *percevoir, apercevoir*): je reçois, tu reçois, il reçoit, nous recevons, vous recevez, ils reçoivent (participe passé: *reçu*)

voir: (et *revoir, entrevoir*): je vois, tu vois, il voit, nous voyons, vous voyez, ils voient (*participe passé: vu*)

savoir: je sais, tu sais, il sait, nous savons, vous savez, ils savent (*participe passé: su*)

pouvoir: je peux (ou puis), tu peux, il peut, nous pouvons, vous pouvez, ils peuvent (*participe passé: pu*)

vouloir: je veux, tu veux, il veut, nous voulons, vous voulez, ils veulent (*participe passé: voulu*)

s'asseoir: (Il y a deux conjugaisons possibles. Nous donnons la plus fréquente): Je m'assieds, tu t'assieds, il s'assied, nous nous asseyons, vous vous asseyez, ils s'asseyent (*participe passé:* assis) *c. Quelle est la forme du verbe?*

1. Je _____ de l'eau, et vous _____ du vin. (*boire*)
2. Vous _____ prudemment, mais toi, tu _____ trop vite. (*conduire*)
3. Beaucoup de gens _____ en Dieu, et j'y _____ aussi. (*croire*)
4. Nous _____ notre voiture. Les Parisiens _____ le métro. (*prendre*)
5. J' _____ à bien parler français, et nous _____ à lire un roman. (*apprendre*)
6. _____ -vous sortir? Non, je ne _____ pas. (*vouloir*)
7. _____ -tu me rendre service? Oui, je _____ toujours. (*pouvoir*)
8. Qu'est-ce qu'on _____ par la fenêtre? On _____ la rue. (*voir*)
9. _____ -tu du courrier? Oui, j'en _____ , nous en _____ tous. (*recevoir*)
10. Écoutez. Qu'est-ce que vous _____ ? Nous _____ du bruit. (*entendre*)
11. Moi, je _____ le froid. Et vous, _____ -vous le froid? (*craindre*)
12. Quels cours _____ -tu? Je _____ un cours de français. (*suivre*)
13. _____ -tu jouer du piano? Non, mais nous _____ jouer de la guitare. (*savoir*)
14. _____ -vous aux États-Unis depuis longtemps? Oui, j'y _____ depuis toujours. (*vivre*)

Maintenant, au passé composé:

Aujourd'hui j(e):	Hier, j'ai:
mets une lettre à la poste	_____
bois un verre de vin	_____
lis un bon livre	_____
entends de la musique	_____
conduis ma voiture	_____
crains la pluie	_____
promets de t'écrire	_____
prends l'autobus	_____
rends la monnaie	_____
reçois une lettre	_____
suis cette route	_____
ai vingt ans	_____
veux te voir	_____
sais une bonne nouvelle	_____
ne peux pas sortir	_____

D. EXPRESSION PERSONNELLE

1. Supposez que vous êtes à la place de Simon. Acceptez-vous ce déguisement d'aveugle? Oui? Non? Pourquoi?

2. Une des conséquences de la cécité, c'est qu'on ne peut rien faire en cachette, puiqu'on ne sait jamais quand on est observé. Quelles sont d'autres conséquences de la cécité, manifestes et autres?

3. Pensez-vous qu'il y a peut-être un sens symbolique à ce déguisement en aveugle? Oui? Non? Pourquoi?

4. Commencez-vous à soupçonner que Simon transforme des événements très simples en tout autre chose, parce qu'il est «chimérique et rêveur»? Ou pour une autre raison? Expliquez.

5. Continuez à chercher ce qui est caractéristique de l'oeuvre de Robbe-Grillet dans ce passage, et comment ce passage vous entraîne plus loin dans votre compréhension de ce qu'est le *Nouveau Roman*.

«Je vous ai réunis, dit-elle, afin de vous fournir quelques explications, désormais nécessaires . . .»

Je l'imagine sur une estrade,° debout aussi, et face à son public. Y a-t-il une table devant elle, comme dans une salle de classe? Et comment Djinn est-elle habillée? A-t-elle toujours son imperméable et son chapeau de feutre? Ou bien les a-t-elle ôtés pour cette réunion? Et ses lunettes noires, les a-t-elle gardées?

Pour la première fois, je brûle d'envie d'enlever les miennes. Mais personne ne m'y a encore autorisé; et ce n'est en somme pas du tout le moment, avec tous ces voisins qui peuvent me voir. Sans compter Djinn elle-même . . . Je dois donc me contenter de ce qui m'est offert: la délicieuse voix au léger accent américain.

«. . . organisation clandestine internationale . . . cloisonnement des tâches . . . grande oeuvre humanitaire . . .»

Quelle grande oeuvre humanitaire? De quoi parle-t-elle? Tout à coup, je prends conscience de ma frivolité: je n'écoute même pas ce qu'elle dit! Charmé par ses intonations exotiques, tout occupé à imaginer le visage et la bouche d'où celles-ci proviennent (Est-ce qu'elle sourit? Ou bien prend-elle son faux air dur pour chef de gang?), j'ai omis l'essentiel: m'intéresser à l'information contenue dans ses paroles; je les savoure au lieu d'en enrégistrer le sens. Alors que je me prétendais si impatient d'en apprendre davantage sur mon futur travail!

Et voilà que Djinn, à présent, s'est tue.° Que vient-elle de dire au juste? J'essaie en vain de me le rappeler. J'ai vaguement l'idée que c'étaient seulement des phrases d'accueil, de bienvenue dans l'organisation, et que le plus important reste encore à venir. Mais pourquoi se tait-elle? Et que font les autres auditeurs, pendant ce temps? Personne ne bouge, autour de moi, ni ne manifeste d'étonnement.

Je ne sais pas si c'est l'émotion, mais des picotements° importuns m'agacent l'oeil droit. D'énergiques contractions de la paupière ne suffisent pas à m'en libérer. Je cherche un moyen de me gratter discrètement. Ma main gauche est demeurée dans celle du gamin, qui ne me lâche pas, et la droite est encombrée par la canne. Cependant, n'y tenant plus, je tente avec cette main droite de me frotter au moins les alentours de l'oeil.

une estrade *a podium*   s'est tue *has stopped speaking*   des
picotements *itching*

Gêné par la poignée recourbée de la canne, je fais un geste maladroit, et l'épaisse monture des lunettes glisse vers le haut, sur l'arcade sourcilière.° En fait, les verres se sont à peine déplacés, mais l'intervalle créé entre la peau et le bord en caoutchouc est pourtant suffisant pour me laisser apercevoir ce qui se trouve juste sur ma droite . . .

J'en reste stupéfait. Je n'avais guère supposé cela . . . Je bouge lentement la tête, afin de balayer un champ plus large au moyen de mon étroite fente de vision. Ce que je vois, de tous les côtés, ne fait que confirmer ma première stupeur: j'ai l'impression de me trouver devant ma propre image, multipliée par vingt ou trente.

La salle entière est en effect pleine d'aveugles, de faux aveugles aussi, probablement: des jeunes hommes de mon âge, vêtus de façons diverses (mais, somme toute,° assez proches de la mienne), avec les mêmes grosses lunettes noires sur les yeux, la même canne blanche dans la main droite, un gamin tout pareil au mien les tenant par la main gauche.

Ils sont tous tournés dans le même sens, vers l'estrade. Chaque couple—un aveugle et son guide—est isolé de ses voisins par un espace libre, toujours à peu près le même, comme si l'on avait pris soin de ranger, sur des cases bien délimitées, une série de statuettes identiques.

Et, brusquement, un stupide sentiment de jalousie me serre le coeur: ce n'est donc pas à moi que Djinn s'adressait! Je savais bien qu'il s'agissait d'une réunion nombreuse. Mais c'est tout autre chose de constater, de mes propres yeux, que Djinn a déjà recruté deux ou trois douzaines de garçons, peu différents de moi et traités exactement de la même manière. Je ne suis rien de plus, pour elle, que le moins remarquable d'entre eux.

Mais, juste à ce moment, Djinn recommence à parler. Très bizarrement, elle reprend son discours au beau milieu d'une phrase, sans répéter les mots qui précèdent pour conserver la cohérence du propos. Et elle ne dit rien pour justifier cette interruption; son ton est exactement le même que s'il n'y en avait pas eu.°

---

l'arcade sourcilière *the eye socket, the curve of the eyebrow*   somme toute
after all   son ton . . . pas eu *her tone of voice is exactly the same as if there had not been any (interruption)*

«... vont vous permettre de ne pas éveiller les soupçons ...»

Ayant abandonné toute prudence (et toute obéissance à des
consignes que tout à coup je ne supporte plus), je réussis à tourner
la tête suffisamment, en me tordant le cou et en levant le menton,
pour avoir le centre de l'estrade dans mon champ visuel ...

Je ne comprends pas tout de suite ce qui se passe ... Mais
bientôt je dois me rendre à l'évidence: il y a bien une table de
conférencier, mais personne derrière! Djinn n'est pas là du tout,
ni nulle part ailleurs° dans la salle!

C'est un simple haut-parleur qui diffuse son allocution, enregistrée je ne sais où ni quand. L'appareil est posé sur la
table, parfaitement visible, presque indécent. Probablement
s'était-il arrêté, à la suite d'un quelconque incident technique:
un ouvrier est en train de vérifier des fils, qu'il doit venir de
rebrancher ...°

Tout le charme de cette voix fraîche et sensuelle a disparu
d'un seul coup. Sans doute la suite de l'enregistrement est-il
toujours d'aussi bonne qualité; les paroles poursuivent leur
légère chanson d'outre-Atlantique; le magnétophone en re-
produit fidèlement les sonorités, la mélodie, et jusqu'aux moindres inflexions ...

Mais, maintenant que l'illusion de la présence physique
s'est évanouie, j'ai perdu tout contact sensible avec cette musique, si douce à mes oreilles une minute auparavant. Ma décou-
verte de la supercherie° a rompu l'effet magique du discours,
qui est aussitôt devenu terne et froid: la bande magnétique
me le récite à présent avec la neutralité anonyme d'une annonce
dans un aéroport. Si bien que, désormais, je n'ai plus aucun
mal° à en écouter les phrases, ni a y découvrir du sens.

La voix sans visage est en train de nous expliquer notre rôle
et nos futures fonctions. Mais elle ne nous les dévoile pas
entièrement, elle nous en donne seulement les grandes lignes.
Elle s'étend plus sur les buts poursuivis que sur les méthodes:
c'est par souci d'efficacité qu'elle préfère, dit-elle, ne nous en
révéler, pour le moment, que le strict nécessaire.

---

ni nulle ... ailleurs *nor anywhere else*   qu'il doit venir de rebrancher *that
he must just have plugged back in*   supercherie, *f. trick*   je n'ai plus
aucun mal *I no longer have any trouble*

Je n'ai pas bien suivi, ai-je dit, le début de son exposé. Mais il me semble cependant en avoir perçu l'essentiel: ce que j'entends maintenant me le laisse en tout cas supposer, car je n'y vois pas d'obscurités notables (sinon celles qu'y a volontairement ménagées la conférencière°).

Nous avons donc, nous apprend-elle, été enrôlés, mes voisins et moi, dans une entreprise internationale de lutte contre le machinisme. La petite annonce du journal, qui m'a conduit (après un bref échange de lettres avec une boîte postale) à rencontrer Djinn dans l'atelier abandonné, me l'avait déjà fait supposer. Mais je n'avais pas mesuré exactement les conséquences de la formule employée: «pour une vie plus libre et débarrassée de l'impérialisme des machines.»

En fait, l'idéologie de l'organisation est assez simple, simpliste même en apparence: «Il est temps de nous libérer des machines, car ce sont elles qui nous oppriment, et rien d'autre. Les hommes croient que les machines travaillent pour eux, alors que ce sont eux, désormais, qui travaillent pour elles. De plus en plus, les machines nous commandent, et nous leur obéissons.»

«Le machinisme, tout d'abord, est responsable de la division du travail en menus fragments dépourvus de tout sens. La machine-outil nécessite l'accomplissement par chaque travailleur d'un geste unique, qu'il doit répéter du matin au soir, durant toute sa vie. Le morcellement est donc évident pour les travaux manuels. Mais il devient aussi la règle dans n'importe quelle autre branche de l'activité humaine.»

«Ainsi, dans tous les cas, le résultat lointain de notre travail (objet manufacturé, service, ou étude intellectuelle) nous échappe entièrement. Le travailleur n'en connaît jamais ni la forme d'ensemble ni l'usage final, sauf de façon théorique et purement abstraite. Aucune responsabilité ne lui en incombe,° aucune fierté ne lui en revient. Il n'est qu'un infime maillon° de l'immense chaîne d'usinage, apportant seulement une modification de détail sur une pièce détachée, sur un rouage isolé, qui n'ont aucune signification par eux-mêmes.»

«Personne, dans aucun domaine, ne produit plus rien de complet. Et la conscience de l'homme elle-même est en miettes. Mais

la conférencière *the (female) lecturer*   Aucune . . . incombe *No responsibility falls upon him*   Il n'est . . . maillon *He is nothing but a minute link*

dites-le vous bien: c'est notre aliénation par la machine qui a sus-
cité le capitalisme et la bureaucratie soviétique, et non pas
l'inverse. C'est l'atomisation de tout l'univers qui a engendré la
bombe atomique.»

«Pourtant, au début de ce siècle, la classe dirigeante, seule
épargnée, conservait encore les pouvoirs de décision. Dorénavant,
la machine qui pense—c'est-à-dire l'ordinateur—nous les a enlevés aussi. Nous ne sommes plus que des esclaves,° travaillant à
notre propre destruction, au service—et pour la plus grande
gloire—du dieu tout puissant de la mécanique.»

Sur les moyens à employer pour en faire prendre conscience
à la masse des gens, Djinn est plus discrète et moins explicite.
Elle parle de «terrorisme pacifique» et d'actions «théâtrales» or-
ganisées par nous au milieu de la foule, dans le métro, sur les
places publiques, dans les bureaux et dans les usines. . . .

Cependant, quelque chose me choque dans ces belles paroles;
c'est le sort qui nous est fait, à nous, les agents d'exécution du
programme: notre rôle se trouve en totale contradiction avec les
buts qu'il propose. Jusqu'à présent, du moins, on ne nous l'a
guère appliqué, ce programme. On nous a au contraire manipulés
sans aucun égard pour notre libre arbitre. Et maintenant encore,
on nous avoue que seule une connaissance partielle de l'ensemble
nous est permise. On veut éduquer les consciences, mais on commence par nous empêcher de voir. Enfin, pour couronner le tout,
c'est une machine qui nous parle, qui nous persuade, qui nous
dirige. . .

De nouveau, la méfiance m'a envahi. Je sens comme un danger inconnu, obscur, qui plane sur cette réunion truquée. Cette
salle remplie de faux aveugles est un piège, où je me suis laissé
prendre . . . Par l'étroite fente, que j'ai entretenue avec soin sous
le bord droit de mes grosses lunettes, je jette un coup d'oeil à mon
voisin le plus proche, un grand garçon blond qui porte un blouson
de cuir blanc, assez chic, ouvert sur un pull-over bleu vif. . .

Il a lui aussi (comme je m'en étais douté tout à l'heure déjà),
fait glisser de quelques millimètres l'appareil ajusté qui l'aveuglait,
afin d'apercevoir les alentours, sur sa gauche; si bien que nos
deux regards de côté se sont croisés, j'en suis certain. Une petite
crispation de sa bouche me fait, d'ailleurs, un signe de conni-

---

Nous ne sommes . . . esclaves *We are nothing more than slaves*

vence. Je le lui renvoie, sous la forme du même rictus,° qui peut passer pour un sourire à son adresse.

Le gamin qui l'accompagne, et qui lui tient la main gauche, n'a rien remarqué de notre manège,° me semble-t-il. Le petit Jean non plus, certainement, car il est situé, lui, nettement à l'extérieur de ce modeste échange. Pendant ce temps, la harangue se poursuit, nous interpellant avec vigueur:

«La machine vous surveille; ne la craignez plus! La machine vous donne des ordres; ne lui obéissez plus! La machine réclame tout votre temps; ne le lui donnez plus! La machine se croit supérieure aux hommes; ne la leur préférez plus!»

Je vois alors que le personnage au blouson blanc, qui a gardé lui aussi sa canne d'aveugle dans la main droite, fait passer discrètement celle-ci derrière son dos, vers sa gauche, de manière à en approcher de moi l'extrémité pointue. Avec ce bout ferré, il dessine sans bruit des signes compliqués sur le sol.

Certainement ce confrère, aussi indocile que moi, essaie de me communiquer quelque chose. Mais je n'arrive pas à comprendre ce qu'il veut me dire. Il répète plusieurs fois, à mon intention, la même série de courtes barres et de courbes entre-croisées. Je m'obstine en vain dans mes tentatives de déchiffrement; ma vision très partielle du plancher ne me les facilite pas, c'est certain.

«Nous avons découvert, continue la voix enregistrée, une solution simple pour sauver vos frères. Faites-la leur connaître. Mettez-la leur dans la tête sans les avertir, presque à leur insu. Et transformez-les eux-mêmes en nouveaux propagandistes. . . .»

À ce moment, je devine tout à coup une agitation soudaine derrière moi. Des bruits de pas précipités, tout proches, rompent le silence de la salle. Je ressens un choc violent, à la base du crâne, et une douleur très vive. . . .

---

rictus, *m. a grimace*   notre manège, *m. our carrying-ons*

EXERCICES

A. COMPRÉHENSION GÉNÉRALE

a. Répondez aux questions suivantes sans reproduire le texte exact.

1. Djinn porte-t-elle son imperméable?
2. Simon comprend-il bien de quoi parle Djinn? Pourquoi?
3. Comment Simon réussit-il à voir un peu autour de lui?
4. Surprise! Qu'est-ce qu'il voit?
5. Voit-il Djinn? Qui parle?
6. Quel est le but de cette organisation et la mission de ses membres?
7. Quelle contradiction y a-t-il entre le magnétophone et la mission de cette organisation?
8. Autre surprise! Simon voit quelqu'un par le petit espace, à droite, sous ses lunettes. Qui voit-il?
9. Comment ce garçon essaie-t-il de communiquer avec Simon?
10. Fin brutale de la réunion, pour Simon. Comment?

Expression non-verbale de votre compréhension

b. Montrez par un geste, un mouvement, une expression, ce que veut dire pour vous:

1. Je cherche un moyen de me gratter discrètement l'oeil droit. / 2. Je bouge lentement la tête, afin de balayer un champ plus large au moyen de mon étroite fente de vision. / 3. Je réussis à tourner la tête, en me tordant le cou, et en levant le menton.... / 4. Un ouvrier est en train de vérifier des fils et une prise électrique. / 5. Par l'étroite fente, sous le bord droit de mes lunettes, je jette un coup d'oeil à mon voisin le plus proche. / 6. (Pour deux personnes) Une petite crispation de sa bouche me fait un signe de connivence. Je le lui renvoie, sous la forme du même rictus.... / 7. Je ressens un choc violent, à la base du crâne, et une douleur trèsvive....

B. VOCABULAIRE

a. Complétez les phrases suivantes par un des termes de la liste:

coup d'oeil	fente	blouson	piège
douleur	estrade	cou	menton
fil	supercherie		

1. L'électricité nous arrive par des _____ conducteurs. Par contre la radio, la télévision, n'ont pas de _____ .
2. Un vêtement court, fermé devant par une fermeture éclair, et souvent fait de cuir, s'appelle _____ .

3. Un conférencier fait face au public, et il est généralement monté sur
 _____ .

4. La novocaïne est une drogue employée contre _____ .

5. Pour voir rapidement ce qui est devant vous, vous n'avez besoin que
 d' _____ .

6. Après un tremblement de terre, il y a des _____ profondes dans le sol.

7. Le _____ joint la tête au reste du corps.

8. Les trappeurs mettent des _____ pour attraper les animaux sauvages.

9. Un procédé, probablement pas très honnête, pour tromper quelqu'un,
 c'est _____ .

10. On dit que _____ donne souvent une indication du caractère d'une
 personne.

b. Quelle est la phrase qui correspond au sens du texte?

1. Simon jette un coup d'oeil à Djinn. / Simon entend la voix de Djinn.

2. Simon brûle d'envie d'ôter ses lunettes. / Il préfère garder ses lunettes.

3. Simon est agacé par la voix de Djinn. / Il est charmé par sa voix.

4. Simon fait exprès de déplacer ses lunettes pour y voir un peu. / C'est
 accidentellement que Simon déplace ses lunettes.

5. Les autres «aveugles» dans la salle sont vêtus exactement comme Simon /
 sont vêtus de façon pas très différente de lui.

6. Le magnétophone qui diffuse la voix de Djinn est caché. / Il est placé en
 évidence.

c. **avoir du mal à . . .**   **brûler d'envie de . . .**   **se contenter de . . .**
 il s'agit de . . .   **venir de . . .**   **arriver à . . .**
 finir par . . .

1. Si vous trouvez quelque chose difficile à faire, vous dites: «j' _____ faire
 ça!»

2. «Vous avez des nouvelles? Vite, dites-les moi. Je _____ les savoir!»

3. On ne comprend pas toujours les paroles d'un disque, mais on les écoute
 plusieurs fois, et on _____ les comprendre.

4. «Vous vouliez parler au directeur? Oh, je regrette, il _____ sortir! Il est sorti
 il y a juste quelques minutes.»

5. Quel est le sujet du livre que vous lisez? Eh bien, _____ des aventures
 étranges d'un garçon nommé Simon.

6. On a souvent des rêves romantiques pour son avenir, mais on _____ accepter une vie comme celle des autres.

7. Une vie comme celle des autres? Pas moi. Moi, je ne _____ d'une vie
 banale et ordinaire.

C. GRAMMAIRE

a. Les différentes négations

En dehors de la négation ordinaire *ne ... pas* (ou *ne ... point,* qui a le même sens, approximativement) il y la négation de:

quoi / quelque chose :	ne ... rien	
qui / quelqu'un	:	ne ... personne
encore	:	ne ... plus
ou / aussi	:	ne ... ni ... ni
déjà	:	ne ... pas encore
quelque part	:	ne ... nulle part
toujours	:	ne ... jamais (etc.)

Répondez négativement aux questions:

1. Avez-vous déjà compris le sens de cette histoire?
2. Simon dit-il quelque chose, pendant cette scène?
3. Djinn est-elle quelque part dans la salle?
4. L'organisation a-t-elle un but fasciste ou communiste?
5. Robbe-Grillet dévoile-t-il toujours l'identité complète de ses personnages?
6. Simon aime-t-il encore la voix quand il voit qu'elle vient d'un magnétophone?
7. Qui va donner des instructions précises aux conspirateurs?

b. Les verbes en *-re* et en *-oir*

tendre (régulier), *tordre* (régulier), *prétendre* (comme *tendre*), *naître* (je nais, tu nais, il naît, nous naissons, vous naissez, ils/elles naissent, participe passé: né); *connaître* (comme *naître,* mais, participe passé; *connu*); *taire* (je tais, tu tais, il/elle tait, nous taisons, vous taisez, ils/elles taisent, participe passé: *tu*) *plaire* (comme *taire,* participe passé: *plu*)

Donnez la forme correcte au présent et au passé composé:

	Aujourd'hui _____	Dans le passé _____
(se taire)	Je _____ .	Je _____ .
(se tordre)	Il se _____ le cou.	Il _____ .
(naître)	Beaucoup d'enfants _____ .	Beaucoup _____ .
(tendre)	*On* _____ la main.	*On* _____ .
(voir)	Vous _____ bien?	Vous _____ .
(croire)	Il ne me _____ pas.	Il _____ .
(connaître)	Le _____ -vous?	Le _____ ?
(plaire)	Djinn _____ à Simon.	Djinn _____ .
(prétendre)	Il _____ t'aimer!	Il _____ !
(rompre)	La voix _____ le silence.	La voix _____ .

(apercevoir)	Nous _____ la ligne d'horizon.	Nous _____ .
(lire)	Elles _____ beaucoup.	Elles _____ .
(reprendre)	Nous _____ notre conversation.	Nous _____ .

D. EXPRESSION PERSONNELLE

1. Résumez, brièvement, et dans vos propres termes, la scène que vous venez de lire.

«Simon entend la voix de Djinn qui annonce qu'elle va leur fournir quelques explications . . .» Continuez.

2. Robbe-Grillet est l'auteur d'un roman intitulé *La Jalousie* qui trace les pensées, ou plutôt, les images qui passent dans l'esprit d'un homme jaloux de la femme qu'il aime.

Y a-t-il un élément de jalousie dans cette scène? Cette jalousie explique-t-elle la présence (peut-être purement imaginée) des autres garçons qui ressemblent à Simon?

3. Expliquez pourquoi les mots *un piège* et *un miroir* sont probablement des mots clés de ce passage.

4. Imaginez que *vous* êtes dans la même salle, dans les mêmes circonstances. *Vous* êtes différent de Simon, alors vous voyez probablement une scène toute différente. Imaginez ce que *vous* voyez.

6

Simon Lecoeur se réveilla, la bouche pâteuse comme s'il avait trop bu,° au milieu des caisses empilées et des machines hors d'usage. Il reprit conscience peu à peu, avec la vague impression qu'il sortait d'un long cauchemar. Bientôt il reconnut le décor autour de lui. C'était l'atelier abandonné où il avait fait la connaissance de Djinn. Et presque aussitôt, lui revint à l'esprit le point de départ de sa mission:

«Il faut, pensa-t-il, que j'aille à la gare du Nord. Il faut même que je me dépêche, car il est très important que je sois à l'heure pour l'arrivée du train d'Amsterdam. Si je n'accomplis pas correctement cette première tâche, je crains fort qu'on ne me fasse plus confiance par la suite, et qu'on ne me laisse pas aller plus loin . . .»

Mais Simon Lecoeur sentait, de façon confuse, que toute cette histoire de gare, de train, de voyageur qu'il ne fallait pas man-

---

la bouche . . . trop bu *with a bad taste in his mouth, as though he'd been drinking too much* quer,° était périmée, révolue: ce futur appartenait déjà au passé. Quelque chose brouillait l'espace et le temps. Et Simon ne réussissait même pas à y définir sa propre situation. Que lui était-il arrivé? Et quand? Et où?

D'une part, il se trouvait maintenant allongé par terre, sans qu'il parvînt à en saisir la raison,° dans la poussière et les débris divers qui jonchaient le sol de l'atelier, entre les matériaux et appareils au rebut. D'autre part, il faisait grand jour. Le soleil, déjà haut, d'une belle matinée de printemps, éclairait vivement, à l'extérieur, les vitres poussiéreuses de la verrière; alors que, au contraire, la nuit tombait lorsque Djinn lui était apparue, dans ces mêmes locaux désaffectés, avec son imperméable et son chapeau d'homme ...

Simon se souvint tout à coup d'une scène récente, qu'il revoyait avec une extrême précision: un garçon d'une dizaine d'années, mort sans doute vu sa parfaite immobilité, sa posture trop raide et son teint de cire, qui gisait sur un lit de fer au matelas nu, avec un grand crucifix posé sur la poitrine, sous la lumière vacillante des trois bougies d'un chandelier de cuivre ...

Une autre image lui succéda, aussi nette et rapide: ce même garçon, toujours vêtu comme au siècle dernier, qui conduisait un aveugle en le tenant par la main gauche. L'invalide, de son autre main, serrait la poignée recourbée d'une canne blanche, qui lui servait à reconnaître le sol devant ses pas. De grosses lunettes noires lui cachaient à moitié le visage. Il portait un blouson de fin cuir blanc, à fermeture éclair,° largement ouvert sur un chandail bleu vif ...

Une pensée subite traversa l'esprit de Simon Lecoeur. Il porta la main à sa poitrine. Il ne trouva pas sous ses doigts le crucifix d'ébène (bien qu'il fût lui-même allongé sur le dos dans la position exacte du gamin lors de la veillée mortuaire°), mais il constata la présence du blouson en agneau° et du pull-over de cachemire. Il se rappela les avoir en effet choisis pour son rendez-vous de ce soir, quoique ces vêtements bleus et blancs, à la fois élégants et négligés,° ne lui eussent pas paru convenir parfaitement à sa recherche d'un emploi ...

---

qu'il ne fallait pas manquer *that he was not supposed to miss*   sans qu'il ... la raison *without being able to figure out why*   fermeture éclair, *f.* *zipper*   veillée mortuaire, *f. funeral wake*   agneau, *m. lamb skin, glove leather*   négligés *casual*

«Mais non, se dit-il, ça ne peut pas être le rendez-vous de ce soir. Ce soir n'est pas encore venu et le rendez-vous a déjà eu lieu. C'était donc hier soir, probablement . . . . Quant à ces deux scènes où figure le même gamin, il faut que la seconde ait été antérieure, puisque, dans la première, l'enfant gît sur un lit de mort . . . Mais d'où viennent ces images?»

Simon ne savait pas s'il fallait qu'il leur accordât le statut de souvenirs, comme à des événements de la vie réelle; ou bien s'il ne s'agissait pas plutôt de ces figures formées dans les rêves, qui défilent dans notre tête au moment du réveil, et généralement selon un ordre chronologique inversé.

De toute manière, il y avait un trou dans son emploi du temps. Il paraissait en effet difficile que Simon eût dormi plus de douze heures dans cet endroit inconfortable . . . à moins que des somnifères, ou des drogues plus dures, en fussent la cause . . .

Une nouvelle image, venue il ne savait d'où, surgit à l'improviste dans sa mémoire détraquée: une longue ruelle recti-ligne, mal pavée, faiblement éclairée par de vieux réverbères, des murs aveugles et des maisonnettes à demi en ruines . . . Et de nouveau le même gamin qui jaillissait° d'une des maisons, faisait cinq ou six pas de course et s'étalait dans une flaque d'eau rou-geâtre . . .

Simon Lecoeur se mit péniblement debout. Il se sentait cour-batu,° mal à son aise, la tête lourde. «Il faut que je boive un café, pensa-t-il, et que je prenne un cachet d'aspirine.» Il se rappelait avoir rencontré, en venant par la grande avenue, toute proche, de nombreux cafés et brasseries. Simon donna quelques tapes, du plat de la main, sur l'étoffe blanche de son pantalon, froissé, in-forme et maculé° de poussière noire, mais il ne put, évidemment, lui rendre son aspect normal.

En se retournant pour partir, il vit que quelqu'un d'autre était couché sur le sol, à quelques mètres de lui, dans une posture identique. Le corps n'apparaissait pas dans son ensemble: une caisse de grande taille en masquait le haut du buste et la tête. Simon s'approcha, avec prudence. Il eut un sursaut° en découvrant le visage: celui de Djinn, sans que le moindre doute fût possible.

---

jaillissait *who sprang*   courbatu *sore*   informe et maculé *out of shape and stained*   Il eut un sursaut *He had a start*

La jeune fille était étendue en travers du passage, avec toujours son imperméable boutonné, ses lunettes de soleil et son chapeau de feutre mou, bizarrement demeuré en place quand elle s'était écroulée, touchée à mort dans le dos par quelque lame de couteau ou balle de revolver. Elle ne portait pas de blessure visible, mais une flaque de sang, coagulé déjà, avait pris naissance sous la poitrine et s'était répandue sur le ciment noirâtre, tout autour de l'épaule gauche.

De longues minutes s'écoulèrent avant que Simon se décidât à faire un geste. Il demeurait là, sans bouger, sans comprendre, et sans non plus qu'aucune inspiration lui vînt, sur ce qu'il devait faire. Enfin, il se baissa, surmontant son horreur, et voulut toucher la main du cadavre . . .

Non seulement celle-ci était raidie et froide, mais elle lui sembla beaucoup trop dure, trop rigide, pour qu'il fût possible de la croire faite en chair et en articulations humaines. Afin de dissiper ses derniers doutes, et bien qu'une inexplicable répulsion le retînt encore, il se contraignit à tâter aussi les membres, le buste, la peau des joues et les lèvres . . .

L'évidente artificialité de l'ensemble convainquît tout à fait Simon de sa méprise, qui reproduisait, en somme, à quelques heures d'intervalle, celle de son arrivée: il se trouvait de nouveau en présence du mannequin en carton-pâte. Cependant, la flaque rouge sombre n'était pas de la matière plastique: Simon en contrôla, du bout des doigts, le caractère légèrement humide et visqueux. On ne pouvait affirmer, néanmoins, que ce fût du véritable sang.

Tout cela paraissait absurde à Simon Lecoeur; pourtant il redoutait obscurément qu'il existât une signification précise à ces simulacres, bien que celle-ci lui échappât . . . Le mannequin assassiné gisait à l'endroit exact où se trouvait Djinn lors de leur brève entrevue de la veille; quoique Simon se rappelât parfaitement l'avoir vu, cette fois-là, au rez-de-chaussée . . . . À moins qu'il ne confondît à présent les deux scènes successives, celle avec Djinn et celle avec le mannequin.

Il décida de s'en aller au plus vite, de peur que d'autres énigmes ne vinssent encore compliquer le problème. Il en avait suffisamment, déjà, pour plusieurs heures de réflexion. Mais, de toute manière, plus il y réfléchissait, moins il en apercevait le fil conducteur.

Il descendit l'escalier. Au rez-de-chaussée, la copie conforme de Djinn était toujours à sa place, négligemment° appuyée aux mêmes caisses, les deux mains dans les poches de son imperméable, un imperceptible sourire figé sur ses lèvres de cire. Il s'agissait donc, là-haut, d'un second mannequin, en tous points identique. Le mince sourire ironique, sur la bouche, ne ressemblait plus du tout à celui de Jane Frank. Simon éprouvait seulement l'impression désagréable qu'on se moquait de lui. Il haussa les épaules et se dirigea vers la porte vitrée donnant sur la cour.

... Avant même qu'il ne la franchît,° le faux mannequin se redressa légèrement et son sourire s'accentua. La main droite sortit de la poche du trench-coat, remonta jusqu'au visage et ôta lentement les lunettes noires ... Les jolis yeux verts pâles reparurent ...

C'est Simon lui-même qui, tout en poursuivant son chemin, imaginait cette ultime mystification. Mais il ne prit pas la peine de se retourner, pour en détruire entièrement la faible vraisemblance, tant il conservait la certitude de n'avoir vu, cette fois, qu'une Américaine de Musée Grévin.° Il traversa la cour, passa le portail extérieur; puis, tout au bout de la ruelle, il déboucha comme prévu sur la grande avenue grouillante de passants. Simon en ressentit un soulagement intense, comme s'il rentrait enfin dans un monde réel, après une absence interminable.

Il pouvait être près de midi, à en juger d'après la position du soleil. Comme Simon n'avait pas remonté sa montre-bracelet en temps voulu, la nuit dernière, celle-ci s'était bien entendu arrêtée; il venait justement d'en faire la constatation. Ayant repris toute son assurance, il marchait à présent d'un pas vif. Mais il ne voyait aucun bistrot ou brasserie. Quoique, dans son souvenir, l'avenue en comportât de nombreux sur toute sa longueur, les cafés devaient en réalité commencer un peu plus loin. Il entra dans le premier qu'il aperçut.

Simon reconnut l'endroit aussitôt: c'était là qu'il avait déjà bu un café noir, en sortant pour la première fois de l'atelier abandonné. Mais beaucoup de clients s'y étaient installés, aujourd'hui, et Simon éprouva quelque difficulté à trouver une table libre. Il

---

négligemment *casually*   Avant même qu'il ne la franchît *Before he even went out the door*   une Américaine de Musée Grévin *The Musée Grévin is Paris' house of wax figures, like Madame Tussaud's is London's.*

finit par en découvrir une, dans un angle obscur, et il s'y assit, face à la salle.

Le garçon taciturne de la veille, en veste blanche et pantalon noir, n'était pas de service aujourd'hui, à moins qu'il ne fût allé° chercher quelque plat chaud à la cuisine. Une femme âgée, vêtue d'une blouse grise, le remplaçait. Elle se dirigea vers le nouvel arrivant pour prendre sa commande. Simon lui dit qu'il désirait seulement un café noir, très serré,° avec un verre d'eau ordinaire.

Lorsqu'elle revint, portant sur un plateau la petite tasse blanche, une carafe et un grand verre, il lui demanda, de l'air le plus indifférent qu'il pût, si le garçon n'était pas là aujourd'hui. Elle ne répondit pas tout de suite, comme si elle réfléchissait à la question: puis elle dit, avec une sorte d'inquiétude° dans la voix:

«De quel garçon parlez-vous?

—L'homme à la veste blanche qui sert ici, d'habitude.

—C'est toujours moi qui sers les clients, dit-elle. Il n'y a personne d'autre, même aux heures d'affluence.

—Mais hier, pourtant, j'ai vu . . .

—Hier, vous n'avez rien pu voir: c'était le jour de fermeture.»

⟢══⟣

à moins qu'il . . . allé *unless he had gone to get . . .*   serré *strong (idiomatic use, applied to coffee)*   une sorte d'inquiétude *some kind of a worry*

EXERCICES

Révision grammaticale utile à la bonne assimilation du texte: *Le subjonctif, présent et passé. Formes et usages.*

A. COMPRÉHENSION GÉNÉRALE

a. Répondez aux questions suivantes, sans reproduire le texte exact.

1. Où Simon se réveille-t-il? Dans quel état physique? Fait-il jour?
2. Savons-nous combien de temps il est resté sans connaissance?
3. Qu'est-ce qu'il pense qu'il faut qu'il fasse?
4. Quelle est la cause probable de sa perte de conscience?
5. Quels médicaments faut-il qu'il prenne contre la lourdeur de tête?
6. *Quelqu'un* est étendu par terre, non loin de lui. Est-ce une personne, ou autre chose?
7. Mais ... *qui* trouve-t-il, toujours en place, au rez-de-chaussée?
8. Djinn ôte ses lunettes et montre ses jolis yeux pâles ... Oui, ou non? Expliquez.
9. Simon entre dans un café. Dans quel café? Mais qu'est-ce qui est différent maintenant?
10. Pourquoi est-il (rationnellement) impossible que Simon ait vu un garçon de café, dans ce café, la veille?

Expression non-verbale de votre compréhension.

b. Montrez par un geste, un mouvement, une expression, ce que veut dire pour vous:

1. Il reprit conscience peu à peu. / 2. Il se trouvait allongé par terre. / 3. Il ouvrit la fermeture éclair de son blouson. / 4. Simon Lecoeur se mit péniblement debout. / 5. Il eut un sursaut. / 6. Il donna quelques tapes, du plat de la main, sur son pantalon, pour enlever la poussière. / 7. Simon contrôla, du bout des doigts, le caractère légèrement humide et visqueux du liquide de la flaque. / 8. Elle ôta lentement ses lunettes noires. / 9. La serveuse portait un plateau.

B. VOCABULAIRE

a. *Quel est le sens des termes suivants?*

Exemple
La bouche *pâteuse*   Vous avez mangé des pâtes.
Vous avez trop bu la veille.

1. Ce calendrier est périmé.
        C'est le calendrier de l'année dernière.
        C'est le calendrier de cette année.

2. Des débris jonchaient le sol.
        Il y avait des débris partout.
        Les débris étaient dańs un coin.

3. J'ai mis ma machine au rebut
        Parce qu'elle marche bien.
        Parce qu'elle ne marche plus.

4. C'était un crucifix d'ébène.
        Donc, il était blanc et argent.
        Donc, il était en bois noir.

5. Elle avait un teint 'de cire.
        Donc elle était très pâle.
        Elle était légèrement bronzée.

6. Des drogues dures?
        Des drogues dont l'effet dure longtemps.
        Des drogues à l'effet néfaste pour votre santé.

7. Une mémoire détraquée
        Assure la perte de la mémoire.
        Assure d'excellents souvenirs.

8. Il se sentait courbatu
        Parce qu'il avait travaillé dans son jardin toute la journée.
        Parce que quelqu'un l'avait insulté.

9. Une avenue grouillante de passants
        Votre marche sera ralentie.
        Prenez-la, vous irez plus vite.

10. Un café noir, bien serré
        Le café est très fort.
        La tasse est bien pleine.

b. Quelques participes passés:

vu	cru	mis	permis
offert	plu*	né	mort
omis	pris	découvert	

---

plu est à la fois le participe passé de *plaire* et de *pleuvoir*. Dans cet exercice, il faut l'employer dans deux phrases différentes à ses deux sens différents.

1. Louis XIV est _____ en 1638 et il est _____ en 1715.
2. Colomb a _____ l'Amérique en 1492.
3. Avez-vous déjà _____ ce film?
4. Cette histoire? On me l'a racontée, mais je ne l'ai pas _____
5. Quel mauvais temps! Il a _____ toute la semaine.
6. Les gens que vous m'avez présentés sont sympathiques. Ils m'ont beau-coup _____
7. J'avais la migraine, j'ai _____ de l'aspirine.
8. Cette bague? C'est son fiancé qui la lui a _____ .
9. Votre clé? Oú l'avez-vous _____ ?
10. J'ai fait une faute typographique: J'ai _____ une lettre.

C. GRAMMAIRE: le subjonctif

Révisez dans votre livre de grammaire les formes du subjonctif et les différents cas dans lesquels le subjonctif est employé.

On emploie en général:

—présent indicatif
—passé composé ⎫ suivis du subjonctif présent
—imparfait ⎭

> **Exemples**
> Il faut qu'il *aille* à la gare du Nord.
> Il a fallu qu'il *aille* à la gare du Nord.
> Il fallait qu'il *aille* à la gare du Nord.

Dans la phrase littéraire ou historique, on emploie:
— passé simple (aussi appelé
  littéraire, historique ⎫ suivis de l'imparfait du subjonctif
  ou passé défini) ⎬
— passé antérieur ⎭

> **Exemples**
> Il fallut qu'il *allât* à la gare du Nord.
> Il eut fallu qu'il *allât* à la gare du Nord.

(Remarquez l'accent circonflexe: *allât, vînt, fût, eût, rendît, partît*, etc., qui ca-ractérise l'imparfait du subjonctif à la 3e personne du singulier.)

a. Quelle est le mode correct, l'indicatif ou le subjonctif?

1. Je pense que tu { comprennes / comprends } très bien.

2. On voudrait que tu { saches / sais } ça.

3. Il est possible que je $\left\{ \begin{array}{l} \text{pars} \\ \text{parte} \end{array} \right.$ bientôt.

4. Je crains que Simon $\left\{ \begin{array}{l} \text{est} \\ \text{soit} \end{array} \right.$ malade.

5. Venez me voir dès que vous $\left\{ \begin{array}{l} \text{pourrez} \\ \text{puissiez} \end{array} \right.$ le faire.

6. Restez jusqu'à ce que vous $\left\{ \begin{array}{l} \text{avez} \\ \text{ayez} \end{array} \right.$ complètement fini.

7. On exige que vous $\left\{ \begin{array}{l} \text{disiez} \\ \text{dites} \end{array} \right.$ la vérité.

8. Il me semble que vous $\left\{ \begin{array}{l} \text{pouvez} \\ \text{puissiez} \end{array} \right.$ faire ce travail.

9. Quoique tu $\left\{ \begin{array}{l} \text{fasses} \\ \text{feras} \end{array} \right.$ je t'aimerai toujours.

10. J'espère que nous nous $\left\{ \begin{array}{l} \text{revoyons} \\ \text{reverrons} \end{array} \right.$ un jour.

11. Tu trouves que cette histoire $\left\{ \begin{array}{l} \text{est} \\ \text{soit} \end{array} \right.$ tout à fait rationnelle?

12. Veux-tu que j(e) $\left\{ \begin{array}{l} \text{aille} \\ \text{vais} \end{array} \right.$ à la gare avec toi?

13. Sois gentil avec ton grand-père avant qu'il $\left\{ \begin{array}{l} \text{meurt} \\ \text{meure} \end{array} \right.$, n'est-ce pas?

b. Le subjonctif: présent ou imparfait?

L'imparfait du subjonctif est réservé, en français contemporain, au style littéraire. On l'emploie en conjonction avec le passé simple. Autrement, on emploie le présent du subjonctif (ou le subjonctif parfait, qui est, si vous voulez, le passé composé du subjonctif).

1. Je lui écrivis afin qu'il $\left\{ \begin{array}{l} \text{sache} \\ \text{sût} \end{array} \right.$ que je pensais à lui.

2. Il partit sans que je $\left\{ \begin{array}{l} \text{puisse} \\ \text{pusse} \end{array} \right.$ lui parler.

3. Bien qu'il $\left\{ \begin{array}{l} \text{fît} \\ \text{fasse} \end{array} \right.$ grand jour, la rue était déserte.

4. Je voudrais que vous $\left\{ \begin{array}{l} \text{restiez} \\ \text{restassiez} \end{array} \right.$ mon ami.

5. Pensez-vous que ces graffitti $\left\{ \begin{array}{l} \text{soient} \\ \text{fussent} \end{array} \right.$ écrits pour Simon?

6. Bien que Simon ne $\left\{ \begin{array}{l} \text{fût} \\ \text{soit} \end{array} \right.$ pas aveugle, il accepta le déguisement.

c. *Complétez les phrases suivantes dans l'esprit du texte en employant le subjonctif présent ou l'indicatif après* que, *ou l'infinitif après de (quand il n'y a pas de changement de sujet):*

Exemples
Il ne me semble pas que cet aveugle _____ .
Il ne me semble pas que cet aveugle *ait l'habitude de marcher seul.*

Simon accepte de _____ .
Simon accepte de *laisser cet enfant le guider.*

1. Il est possible que la femme qui sert au café _____ .
2. Simon commande une pizza parce que _____ .
3. Simon veut garder son déguisement jusqu'à ce que _____ .
4. Ce petit garçon voudrait que _____ .
5. La rue Vercingétorix III? Il est impossible de _____ .
6. Êtes-vous surpris que Simon _____ ?

D. EXPRESSION PERSONNELLE

1. Simon, en se réveillant, a l'impression d'une grande confusion dans l'espace et le temps. Qu'est-ce qui, dans ce chapitre, peut justifier cette impression?

2. Décrivez le costume de Simon. Le portait-il la veille? Mais sur qui avez-vous déjà vu ce costume?

3. Ce jeune homme, vêtu de façon identique, debout à côté de Simon dans la salle de réunion, qui était-ce? (N'oubliez pas les deux mots-clé du chapitre précédent!)

4. Votre réponse à la question précédente, peut-elle aussi servir à expliquer la présence de ces nombreux aveugles, tous accompagnés de petits garçons, dans la salle de réunion?

5. Si «l'effet miroir» est possible dans l'espace, est-il aussi peut-être possible dans le temps? Y a-t-il une «scène miroir» (ou plusieurs) dans ce chapitre?

6. Examinez vos réponses aux questions précédentes, et tirez-en des conclusions qui vous feront progresser dans votre définition du *Nouveau-Roman,* et de celui de Robbe-Grillet en particulier.

7. Suggérez votre propre explication, rationnelle ou non, de ces dernières aventures de Simon.

Et elle s'éloigna, pressée par le service. Son ton n'était pas franchement désagréable, mais plein de lassitude,° et même de tristesse. Simon observa les alentours. Confondait-il cet établissement avec un autre, de disposition semblable?

Mis à part cette présence de nombreux consommateurs, ouvriers et petits employés des deux sexes, la ressemblance était en tout cas troublante: la même paroi vitrée séparait la salle du trottoir, les tables étaient les mêmes et rangées pareillement; les bouteilles, derrière le comptoir en zinc, s'alignaient de la même façon, et les mêmes affichettes en surmontaient la rangée supérieure. L'une de celles-ci proposait les mêmes mets° rapides: sandwiches, croque-monsieur, pizza, etc.

«Bien qu'on ne serve plus de pizza, ici, depuis longtemps», pensa Simon Lecoeur. Ensuite, il s'étonna qu'une telle certitude lui fût apparue, tout à coup, avec tant de force. Il but son café d'un seul trait. Puisque le tarif affiché donnait le prix des pizza, on pouvait sans aucun doute en commander. Pourquoi Simon avait-il, soudain, cru le contraire? Il ne possédait évidemment aucune information particulière qui le lui permît.

Mais, tandis qu'il étudiait les autres écriteaux° placardés derrière le bar, son attention fut attirée par un portrait photographique de dimensions modestes, encadré de noir, qu'on avait aussi accroché là, un peu à l'écart, près du règlement interdisant de vendre des boissons alcoolisées aux mineurs. Pris d'une curiosité que lui-même expliquait mal, Simon Lecoeur se leva, sous prétexte de se rendre aux toilettes, et fit un léger détour afin de passer devant la photo. Là, il s'arrêta, comme fortuitement, pour l'observer de plus près.

Elle représentait un homme d'une trentaine d'années, au regard clair mais inquiétant, en uniforme d'officier de marine, ou plus exactement, de sous-officier. Le visage rappelait quelque chose à Simon ... Tout à coup, il comprit pourquoi: c'était le garçon de café qui l'avait servi la veille.

Un rameau de buis bénit, glissé sous le cadre de bois noir, débordait largement du côté droit. Desséchées par les ans, ses tiges poussiéreuses avaient perdu la moitié de leurs feuilles. Sous la photographie, dans la marge blanche jaunie, une écriture vi-

---

lassitude, *f. weariness*   les mets, *m. the dishes;* les mêmes mets rapides *the same fast foods*   écriteaux, *m. signs*

siblement gauchère avait tracé cette dédicace: «Pour Jean et Marie, leur papa chéri.»

«C'est l'uniforme qui vous intrigue?» dit la serveuse.

Simon ne l'avait pas entendue venir. La femme à la blouse grise était en train d'essuyer des verres, derrière son comptoir. Elle reprit:

«C'est mon père que vous regardez. Il était russe.»

Simon, qui ne s'en était pas encore aperçu, admit que le costume, en effet, n'appartenait pas à la marine française. Mais, comme le personnage ne portait pas sa casquette, la différence n'apparaissait pas au premier abord. Pour dire quelque chose, il demanda bêtement si le marin était mort en mer:

«Péri en mer, rectifia la dame.

—Vous vous appelez Marie?

—Évidemment!» dit-elle en haussant les épaules.

Il descendit au sous-sol, où se trouvaient des toilettes malodorantes. Les murs, peints de couleur crème, servaient aux habitués pour y inscrire leurs opinions politiques, leurs rendez-vous d'affaires et leurs fantasmes sexuels. Simon se dit que, peut-être, l'un de ces messages s'adressait à lui; par exemple, ce numéro de téléphone qui revenait avec insistance, tracé au crayon rouge, dans tous les sens: 765-43-21. Les chiffres étaient, en tout cas, faciles à retenir.

En regagnant sa place, il arrêta les yeux sur l'angle rentrant formé par le lambris de faux bois,° juste derrière la chaise qu'il occupait. Une canne blanche, comme en utilisent les aveugles, était appuyée dans l'encoignure.° Cette paroi, très mal éclairée, n'avait pas retenu ses regards, lors de son arrivée. La canne devait y être déjà. Simon Lecoeur se rassit. Comme la serveuse triste passait à proximité, il lui fit signe:

«Madame, s'il vous plaît, donnez-moi une pizza.

—On n'en fait plus depuis des mois, répondit la dame grise. Le service d'hygiène nous en a interdit la vente.»

Simon finit son verre d'eau et paya le café. Il se dirigeait vers

---

lambris de faux bois *imitation wood paneling*   encoignure, *f. corner* la sortie, quand il se souvint de quelque chose. «Tiens, prononça-t-il à mi-voix, voilà que j'oublie ma canne.» Aucune autre table n'était assez proche de l'objet pour qu'il appartînt à un autre consommateur. Simon revint rapidement sur ses pas, prit sans hésitation la canne blanche et traversa la salle pleine de monde, d'un air serein, en la tenant sous son bras gauche. Il sortit sans que personne parût s'en inquiéter.

Devant la porte du café, un camelot° étalait sur le trottoir des peignes en fausse écaille° et autres menues marchandises de pacotille.° Bien qu'elles lui parussent exagérément chères, Simon Lecoeur acheta des lunettes noires, aux verres très larges et très foncés. La monture lui plaisait par sa forme engainante. Le grand soleil de printemps lui faisait mal aux yeux, et il n'aimait pas que ses rayons obliques pénétrassent par des ouvertures latérales trop importantes. Il mit aussitôt les lunettes; elles lui allaient parfaitement.

Sans qu'il sût pourquoi—simplement par jeu, peut-être—Simon ferma les yeux, à l'abri de ses verres noirs, et se mit à marcher en tâtant le macadam, devant ses pieds, avec le bout ferré de la canne. Il en éprouvait une sorte de repos.

Tant qu'il eût encore en mémoire la disposition des lieux, autour de lui, il put avancer sans trop de mal, bien qu'il lui fallût ralentir de plus en plus. Au bout d'une vingtaine de pas, il ne conservait plus aucune notion des obstacles qui l'entouraient. Il se sentit complètement perdu et s'arrêta, mais il n'ouvrit pas les yeux. Son statut d'aveugle empêchait qu'on le bousculât.°

«Monsieur, voulez-vous que je vous aide à traverser?»

C'était un jeune garçon qui lui adressait ainsi la parole. Simon pouvait sans peine lui donner un âge approximatif, parce que sa voix entrait de toute évidence dans la période de mue. L'origine, nettement perceptible, du son, indiquait en outre la taille° de l'enfant, avec une précision qui surprit le faux aveugle.

«Oui, merci, répondit Simon, je veux bien.»

Le gamin lui saisit la main gauche, avec douceur et fermeté.

---

un camelot *a street vendor*   peignes en fausse écaille *fake tortoise shell combs*   autre menues marchandises de pacotille *other miscellaneous cheap goods*   Son statut . . . bousculât *His status as a blind man prevented him from being jostled.*   la taille *the size*

«Attendez un moment, dit-il, le feu est au vert et les voitures roulent vite, sur l'avenue.»

Simon en conclut qu'il s'était juste arrêté au bord du trottoir. Il avait donc beaucoup dévié, en quelques mètres, par rapport à sa direction primitive. Cependant l'expérience l'attirait toujours, et même le fascinait; il voulait la poursuivre jusqu'à ce qu'une impossibilité insurmontable y mît fin.

Il repéra sans peine, avec la pointe de fer, l'arête de la bordure en granit et la dénivellation,° qu'il allait falloir descendre pour accéder à la chaussée. Son obstination idiote le surprenait lui-même: «Je dois avoir un sacré complexe d'Oedipe», se dit-il en souriant, tandis que le gamin l'entraînait en avant, les automobiles ayant enfin laissé le passage aux piétons. Mais bientôt le sourire s'évanouit, chassé par cette réflexion intérieure:

«Il ne faut pas que je rie: c'est triste d'être aveugle.» . . . L'image vaporeuse° d'une petite fille en robe blanche à fronces, serrée à la taille par un gros ruban, après avoir tremblé quelques instants dans un imprécisable souvenir, finit par s'imposer derrière l'écran des paupières closes . . .

. . .

Elle se tient immobile dans l'encadrement d'une porte. Le décor autour d'elle, trop sombre, ne laisse pratiquement rien distinguer. Seuls, émergent de l'ombre la robe de gaze blanche, les cheveux blonds, la pâleur du visage. L'enfant porte devant elle, à deux mains, un grand chandelier à trois branches, en cuivre jaune, poli et luisant; mais ses trois bougies sont éteintes.

. . .

Je me demande, une fois de plus, d'où proviennent ces images. Ce chandelier est apparu déjà dans ma mémoire. Il était posé sur une chaise, allumé cette fois, au chevet d'un jeune garçon couché sur son lit de mort . . .

Mais nous sommes à présent parvenus de l'autre côté de la chaussée, et je crains que mon guide ne m'abandonne. N'étant pas encore assez à l'aise dans mon rôle d'aveugle, je souhaite que nous continuions à marcher ensemble, pendant quelques minutes supplémentaires. Pour gagner du temps, je l'interroge:

---

dénivellation, *f. difference in the level*   vaporeuse *out of focus*

«Comment t'appelles-tu?

—Je m'appelle Jean, monsieur.

—Tu habites dans ce quartier?

—Non, monsieur, j'habite dans le quatorzième.»°

Nous nous trouvons pourtant à l'autre bout de Paris. Bien que de multiples raisons puissent exister pour expliquer la présence ici de cet enfant, je m'étonne qu'il traîne ainsi, dans la rue, si loin de son domicile. Sur le point de lui poser une question à ce sujet, j'ai peur soudain que mon indiscrétion ne lui paraisse étrange, qu'il ne s'en alarme, et même qu'elle ne le fasse fuir . . .

«Rue Vercingétorix», précise le gamin, de sa voix qui passe brusquement de l'aigu au grave, en plein milieu d'un mot aussi bien.

Le nom du chef gaulois me surprend: je crois qu'il y a justement une rue Vercingétorix qui donne sur cette avenue-ci, et je ne pense pas qu'il y en ait une autre ailleurs, dans Paris en tout cas. C'est impossible que le même nom soit utilisé pour deux rues différentes de la même ville; à moins que deux Vercingétorix n'existent aussi dans l'histoire de France. J'expose mes doutes à mon compagnon.

«Non, répond-il sans hésiter, il n'y a qu'un seul Vercingétorix, et une seule rue à Paris. Elle se trouve dans le quatorzième arrondissement.»

Il faut donc que je confonde avec un autre nom de rue? . . . C'est assez fréquent que nous croyions ainsi à des choses tout à fait fausses: il suffit qu'un fragment de souvenir venu d'ailleurs s'introduise à l'intérieur d'un ensemble cohérent resté ouvert, ou bien que nous réunissions inconsciemment deux moitiés disparates, ou encore que nous inversions l'ordre des éléments dans un système causal, pour que se constituent dans notre tête des objets chimériques, ayant pour nous toutes les apparences de la réalité . . .

Mais je remets à plus tard la résolution de mon problème de topographie, de peur que le gamin ne finisse par se lasser de mes

le quatorzième (arrondissement) *the fourteenth district of Paris. (The administrative division of Paris into 21 arrondissements also serves to divide Paris into actual neighborhoods, and each* arrondissement *has its own character.)*

questions. Il m'a lâché la main, et je doute qu'il veuille me servir de guide encore longtemps. Ses parents l'attendent peut-être pour le déjeuner.

Comme il n'a plus rien dit depuis un temps assez long (assez long pour que j'en prenne conscience), je crains même un instant qu'il ne soit déjà parti, et qu'il ne faille désormais que je poursuive seul ma route, sans son providentiel soutien. Je dois avoir l'air désemparé, car j'entends alors sa voix, rassurante en dépit de ses sonorités étranges.

«Il ne semble pas, dit-il, que vous ayiez l'habitude de marcher seul. Voulez-vous que nous restions ensemble encore un peu? Où allez-vous?»

La question m'embarrasse. Mais je dois éviter que mon guide improvisé ne s'en aperçoive. Pour qu'il ne sache pas que je ne sais pas moi-même où je vais, je réponds avec assurance, sans réfléchir:

«À la gare du Nord.

—Alors, il ne fallait pas que nous traversions. C'est de l'autre côté de l'avenue.»

Il a raison, évidemment. Je lui donne, toujours à la hâte, la seule explication qui me vienne à l'esprit:

«Je pensais ce trottoir-ci moins encombré.

—Il l'est en effet, dit le gamin. Mais de toute façon, vous deviez tourner tout de suite sur la droite. Vous prenez le train?

—Non, je vais attendre un ami.

—D'où vient-il?

—Il arrive d'Amsterdam.

—À quelle heure?»

Je me suis de nouveau avancé là sur un terrain dangereux. Pourvu qu'il y ait vraiment un train au début de l'après-midi! Il est, heureusement, fort improbable que cet enfant connaisse les horaires.

«Je ne me rappelle plus l'heure exacte, dis-je. Mais je suis sûrement très en avance.

—Le rapide d'Amsterdam arrive en gare à 12 heures 34, dit le gamin. Nous pouvons y être à temps si nous prenons le raccourci. Venez. Dépêchons-nous.»

EXERCICES

A. COMPRÉHENSION GÉNÉRALE

a. Répondez aux questions suivantes sans reproduire le texte exact.

1. Simon est-il entré dans le même café que la veille? Comment le sait-il?
2. Une photo sur le mur ... Qui représente-t-elle? Quelle est la dédicace?
3. Comment s'appelle la serveuse? Quel est son rapport de parenté avec le marin de la photo?
4. Simon commande une pizza ... La lui sert-on? Pourquoi?
5. Quel objet aperçoit-il, juste derrière sa chaise?
6. Quel objet achète-t-il, dans la rue?
7. Quelqu'un lui parle dans la rue. Qui est-ce? Qu'est-ce qu'il offre à Simon?
8. Quelle est la scène qui revient à la mémoire de Simon?
9. Pourquoi ne fallait-il pas que Simon traverse la rue?
10. Le gamin connaît-il l'heure d'arrivée du train d'Amsterdam? Pourquoi est-ce étonnant?

Expression non-verbale de votre compréhension

b. Montrez par un geste, un mouvement, une expression, ce que veut dire pour vous:

1. Simon examina les alentours. / 2. Son attention fut attirée par un portrait sur le mur. / 3. Il sortit, puis revint rapidement sur ses pas, et prit la canne dans le coin. / 4. Après quelques pas, il se sentit complètement perdu. / 5. J'ai envie de rire, mais il ne faut pas que je rie. / 6. Je ferme les yeux avec une sensation de soulagement.

B. VOCABULAIRE

a. Expliquez les termes suivants:

1. Un *consommateur* (dans un café) est une personne qui _____ .
2. Un *ouvrier* est un homme (une *ouvrière*, si c'est une femme) qui _____ .
3. Une *affichette* est _____ .
4. Un *camelot* vend _____ .
5. Le *sous-sol* se trouve _____ .
6. L'*encoignure* d'une pièce se trouve _____ .
7. On a besoin d'un *peigne* pour _____ .
8. On appelle *pacotille* _____ .

9. Le *macadam* est de couleur _____ . Il forme la surface de _____ .
10. La *taille* d'un enfant indique _____ .
11. Un *écran* sert à _____ .
12. On appelle *rapide* un train qui _____ .

b. Quelle est la phrase qui correspond au sens du texte?

1. Tous les consommateurs de ce café sont des hommes. / Il y a des hommes et des femmes.
2. Simon but son café à petites gorgées. / Il le but d'un seul trait.
3. Le portrait photographique est bien en vue. / Il est un peu à l'écart.
4. Sur ce portrait, l'homme a un regard un peu étrange. / Il a l'air très ordinaire.
5. Simon trouve son propre numéro de téléphone parmi les graffitti. / Il y trouve un numéro de téléphone répété plusieurs fois.
6. Il voit quelqu'un placer une canne blanche derrière lui. / Il ne voit personne placer cette canne derrière lui.
7. Il entre dans un magasin pour acheter des lunettes noires. / Un petit garçon les lui donne dans la rue.
8. Le gamin qui accompagne Simon habite dans le quartier. / Il habite loin de là.
9. Toute cette scène se passe dans le quatorzième arrondissement. / Toute cette scène se passe loin du quatorzième arrondissement.
10. Simon avait l'intention de traverser la rue pour aller à la gare. / Simon n'avait pas du tout l'intention de traverser la rue.

C. GRAMMAIRE

a. Le subjonctif ou l'indicatif?

Complétez par le verbe indiqué, à la forme correcte:

1. Il est certain que Simon _____ (vouloir) continuer son aventure par curiosité. Mais il n'est pas certain qu'il _____ (vouloir) la continuer jusqu'au bout.
2. Bien qu'il ne _____ (savoir) pas exactement pourquoi, il sait qu'il _____ (falloir) qu'il _____ (aller) à la gare du Nord. Il a aussi l'impression qu'il _____ (falloir) qu'il y _____ (être) bientôt.
3. Il est content que le gamin lui _____ (prendre) la main, et le _____ (conduire) dans la rue.
4. Il ne pose pas trop de questions, de peur que le gamin ne _____ (finir) par le quitter, et qu'il ne _____ (être) obligé de continuer sa route seul.
5. Dès que Simon _____ (faire) quelques pas les yeux fermés, il comprend qu'il est impossible qu'il _____ (pouvoir) aller seul à la gare.

6. Il pense qu'il n(e) _____ (être) pas probable que ce gamin _____ (connaître) l'heure d'arrivée des trains. Mais aussitôt qu'il _____ (dit) quel train il _____ (vouloir) attendre, il est surpris que Jean _____ (répondre): «Je suis sûr que le train d'Amsterdam _____ (être) en gare à 12h. 34, mais je ne suis pas sûr que nous _____ (pouvoir) y arriver à temps.»

b. Vous, votre imagination et le subjonctif.

Vous êtes à la place de Simon. Nommez des actions, craintes, émotions ou pensées possibles:

1. Je me réveille sur le sol de cet atelier abandonné. J'ai mal à la tête, mes vêtements sont sales, et je ne comprends pas du tout ce qui se passe.

Il faut que je _____ .   Je crains bien que _____ .

Il ne faut pas que je _____ .   Je ne voudrais pas que _____ .

Il est impossible que je _____ .   Je reste ici jusqu'à ce que _____ .

2. Je suis dans la rue, jouant le rôle d'un aveugle.

Je voudrais bien que _____ .   Je dois éviter que _____ .

Quoique je ne _____ .   Est-il possible que _____ ?

Les gens ne pensent sans doute pas que _____ .

Il est fort improbable que _____ .

D. EXPRESSION PERSONNELLE

1. Pourquoi Simon se dit-il, à moitié riant de lui-même: «Je dois avoir un sacré complexe d'Oedipe»?

2. Êtes-vous surpris ou non de l'arrivée de ce gamin? Pourquoi?

3. Simon revoit la scène où la petite fille apporte le chandelier de cuivre. Mais pense-t-il que c'est un souvenir? Et la scène est-elle identique, en tous points, à celle que vous avez déjà vue, ou est-elle un peu différente?

4. Robbe-Grillet offre-t-il une explication au fait que notre subconscient modifie le souvenir?

5. Pensez-vous qu'un psychiatre pourrait trouver une signification au rôle de ces enfants qui apparaissent pour conduire un adulte?

6. Commencez-vous à trouver une explication, ou tout au moins une interprétation, à toute cette histoire?

7. Quels nouveaux éléments avez-vous discernés, dans cette scène, qui vous permette d'ajouter à votre compréhension du *Nouveau Roman* de Robbe-Grillet?

7

«Nous prendrons la ruelle, dit le gamin. Ça ira plus vite. Mais il faudra que vous fassiez attention en posant les pieds: les pavés sont très inégaux. En revanche,° il n'y aura plus ni voitures, ni passants.

—Bon, dis-je, je ferai attention.

—Je vous dirigerai comme je pourrai entre les trous et les bosses. Quand une difficulté particulière surviendra, je serrerai votre main davantage . . . Voilà, c'est ici, il faut que nous tournions à droite.»

Il vaudrait mieux que j'ouvre les yeux, évidemment. Ce serait plus prudent, et en tout cas plus commode. Mais j'ai décidé de marcher en aveugle aussi longtemps que cela sera possible. Ça doit être ce qu'on appelle un pari stupide. J'agirais en somme comme un étourdi ou comme un enfant, ce à quoi je ne suis guère accoutumé . . .

En même temps, ces ténèbres auxquelles je me condamne, et au milieu desquelles je me complais sans aucun doute, me paraissent convenir parfaitement à l'incertitude mentale dans laquelle je me débats depuis mon réveil. Ma cécité volontaire en serait une sorte de métaphore, ou d'image objective, ou de redoublement . . .

Le gamin me tire vigoureusement par le bras gauche. Il progresse à grands pas, légers et sûrs, dont j'ai beaucoup de mal à suivre le rythme. Il faudrait que je prenne plus de risque, mais je n'ose pas: je tâte le terrain devant moi, avec le bout de ma canne, comme si je craignais de me trouver soudain devant un abîme, ce qui serait quand même fort étonnant . . .

«Si vous n'avancez pas plus rapidement, dit le gamin, vous n'arriverez pas à l'heure pour le train, vous raterez° votre ami, et nous devrons ensuite le rechercher dans toute la gare.»

L'heure à laquelle j'arriverai ne m'importe guère, et pour cause. Cependant, je suis° mon guide avec confiance et application. J'ai l'impression bizarre qu'il me conduit vers quelque chose d'important, dont je ne sais rien, et qui pourrait n'avoir aucun rapport avec la gare du Nord et le train d'Amsterdam.

Poussé sans doute par cette idée obscure, je me hasarde° de plus en plus hardiment sur ce terrain plein de surprises, auquel mes pieds s'habituent peu à peu. Bientôt, je m'y sens tout à fait à l'aise. Je croirais presque nager dans un nouvel élément . . .

Je ne pensais pas que mes jambs fonctionneraient si aisément de façon autonome, quasiment sans contrôle. Elles voudraient même aller encore plus vite, entraînées par une force à laquelle le gamin n'a aucune part. Je courrais, à présent, s'il me le demandait . . .

Mais voilà que c'est lui qui trébuche, tout à coup. Je n'ai même pas le temps de le retenir, sa main m'échappe et je l'entends qui s'affale lourdement, juste devant moi. Pour un peu, emporté par mon élan, je tomberais aussi sur lui, et nous roulerions ensemble dans le noir, l'un par-dessus l'autre, comme des personnages de Samuel Beckett.° J'éclate de rire à cette image, tout en me remettant d'aplomb.°

vous raterez *(familiar) you will miss*   je suis *(verb* suivre*) I follow*   je me hasarde *I venture*   Samuel Beckett *(born in 1906) Irish author and playwright, friend of James Joyce. He spent a large part of his life in France, and writes both in English and in French. Nobel Prize of Literature in 1969. His best known play is* Waiting for Godot. *Beckett characters are often in grotesque situations, and speak seemingly pointless lines.*   tout en me remettant d'aplomb *while straightening myself up*

Mon guide, lui, ne rit pas de sa mésaventure. Il ne prononce pas une parole. Je ne l'entends plus bouger. Serait-il blessé, par une improbable malchance? Sa chute lui aurait-elle causé quelque traumatisme crânien, la tête ayant cogné sur un pavé saillant?

Je l'appelle par son prénom, et je lui demande s'il s'est fait mal; mais il ne répond rien. Un grand silence s'est établi soudain, et se prolonge, ce dont je commence à m'inquiéter sérieusement. Je tâte la pierre avec la pointe ferrée de ma canne, en prenant mille précautions . . .

Le corps du gamin gît en travers de la chaussée. Il semble immobile. Je m'agenouille et je me penche sur lui. Je lâche ma canne, afin de palper ses vêtements à deux mains. Je n'obtiens aucune réaction, mais, sous mes doigts, je sens un liquide poisseux dont je ne peux pas déterminer la nature.

Cette fois, je prends peur pour de bon. J'ouvre les yeux. J'enlève mes lunettes noires . . . Je demeure ébloui, tout d'abord, par la grande lumière à laquelle je ne suis pas habitué. Puis le décor se met en place, se précise, prend de la consistance, comme ferait une photographie polaroïde, dont le dessin apparaîtrait peu à peu sur un papier très blanc et verni s . . . Mais c'est comme un décor de rêve, répétitif et angoissant, hors des replis duquel je n'arrive pas à sortir° . . .

La longue rue déserte, qui s'étend devant moi, me rappelle en effet quelque chose, dont je ne saurais néanmoins préciser l'origine:° j'ai seulement l'impression d'un endroit dans lequel je serais déjà venu, récemment, une fois en tout cas, plusieurs fois peut-être . . .

C'est une ruelle rectiligne, assez étroite, vide, solitaire, dont on n'aperçoit pas la fin. On dirait qu'elle a été abandonnée par les hommes, mise en quarantaine, oubliée par le temps. De chaque côté s'alignent des constructions basses, incertaines, plus ou moins délabrées: ateliers en ruines, murs aveugles et palissades croulantes . . .

Sur le pavé grossier à l'ancienne mode°—lequel n'a pas dû

---

hors des replis . . . sortir *whose convolutions I don't seem to be able to escape*   dont je ne saurais . . . l'origine *the origin of which I couldn't, however, define*   sur le pavé . . . mode *on the crude, old-fashioned paving stones*

être entretenu depuis cent ans°—un gamin d'une douzaine d'années, vêtu d'une blouse grise, bouffante et serrée à la taille, comme en portaient les petits garçons du peuple au siècle dernier, est étendu de tout son long, sur le ventre, apparemment privé de connaissance . . .

Tout cela aurait donc déjà eu lieu, auparavant, une fois au moins. Cette situation, pourtant exceptionnelle, que j'affronte ici, ne ferait que reproduire une aventure antérieure, exactement identique, dont j'aurais vécu moi-même les péripéties, où je jouerais le même rôle. . . Mais quand? Et où?

Progressivement, le souvenir s'estompe°. . . Plus je cherche à m'en rapprocher, plus il me fuit . . . Une dernière lueur, encore . . . Puis plus rien. Cela n'aura été qu'une brève illusion. Je connais bien d'ailleurs ces impressions vives et fugitives, qui sont assez fréquentes chez moi comme chez beaucoup de gens, auxquelles on donne quelquefois ce nom: mémoire du futur.

Il s'agirait plutôt, en fait, d'une mémoire instantanée; on croit que ce qui nous arrive nous est déjà arrivé antérieurement, comme si le présent se dédoublait,° se fendait par le milieu en deux parties jumelles: une réalité immédiate, plus un fantôme de realité . . . Mais le fantôme aussitôt vacille . . . On voudrait le saisir . . . Il passe et repasse derrière nos yeux, papillon diaphane ou feu-follet dansant° dont nous serions le jouet . . Dix secondes plus tard, tout s'est envolé définitivement.

Quant au sort du blessé, une chose en tout cas me rassure: le liquide visqueux avec lequel je me suis souillé les doigts, en palpant le sol à proximité de la blouse de toile grise, n'est pas du sang, bien que sa couleur puisse y faire penser, ainsi que sa consistance.

Ce n'est qu'une flaque ordinaire de boue rougeâtre, teintée par des poussières de rouille, laquelle sera sans doute demeurée dans ce creux du pavage depuis la dernière pluie. L'enfant, par bonheur pour ses vêtements, qui sont pauvres mais très propres,

---

lequel n'a pas dû . . . ans *which has probably not been repaired for a hundred years* s'estompe *becomes fainter* se dédoublait *became double* feu-follet dansant *Saint-Elmo's fire, dancing light (A* feu-follet *is caused by puffs of methane gas exhaled from swamps, and which light in contact with the atmosphere, seeming to dance for a few moments on the ground. The* feu-follet *sometimes accompanied night travelers and appears in ghost and midnight apparition stories. It is also called* will o' the wisp *in English folklore.)*

est tombé juste sur le bord. C'est peut-être en voulant me faire éviter cet obstacle, vers lequel je me précipitais, qu'il aura lui-même perdu l'équilibre. J'espère que les conséquences de sa chute ne seront pas trop fâcheuses.

Mais il faudrait que je m'en occupe de toute urgence. Même s'il n'a rien de cassé, le fait qu'il se soit évanoui me ferait redouter quelque contusion grave. Cependant je ne vois, en retournant le frêle corps avec un soin maternel, aucune blessure ni au front, ni à la mâchoire.

Tout le visage est intact. Les yeux sont fermés. On dirait que le gamin dort. Son pouls et sa respiration paraissent normaux, bien que très faibles. De toute manière, il faut que j'agisse: personne ne viendra me secourir dans cet endroit perdu.

Si les maisons qui nous entourent étaient habitées, j'irais y chercher de l'aide. J'y transporterais l'enfant, des femmes charitables lui offriraient un lit, et nous téléphonerions à police-secours, ou à un médecin du quartier qui accepterait de venir sur place.

Mais y a-t-il encore des locataires dans ces masures ouvertes à tous les vents? Cela m'étonnerait beaucoup. Il ne devrait plus guère y vivre° que des clochards, qui me riront au nez quand je leur demanderai un lit ou un téléphone. Peut-être même, si je les dérange, me réserveront-ils un accueil encore plus mauvais.

À cet instant seulement, j'avise, juste sur ma droite, un petit immeuble de deux étages, en meilleur état que ses voisins, dont les fenêtres, en particulier, sont demeurées en place et possèdent encore tous leurs carreaux. La porte en est entrouverte . . . C'est donc là que je risquerai ma première visite. Dès que j'aurai mis le blessé à l'abri, je serai déjà plus tranquille.

Mais il me semble, inexplicablement, que je connais déjà la suite: poussant du pied le battant de la porte entrouverte, je pénétrerai dans cette maison inconnue, avec l'enfant inanimé que je tiendrai avec précaution dans mes bras. À l'intérieur tout sera obscur et désert. J'apercevrai cependant une vague lueur, bleuâtre, qui proviendra du premier étage. Je gravirai lentement un escalier de bois, étroit et raide, dont les marches grinceront dans le silence. . .

Il ne devrait . . . vivre *There should no longer be anyone living there, except a few bums.*

Je le sais. Je m'en souviens ... Je me rappelle toute cette maison, avec une précision hallucinante, tous ces événements qui auraient donc déjà eu lieu, par la suite desquels je serais déjà passé, auxquels j'aurais déjà pris une part active ... Mais quand était-ce?

Tout en haut de l'escalier, il y avait une porte entrouverte. Une jeune fille grande et svelte, aux cheveux très blonds se tenait dans l'entrebâillement, comme si elle attendait l'arrivée de quelqu'un. Elle était vêtue d'une robe blanche, en tissu très léger, vaporeux,° translucide, dont les plis, flottant au gré d'une improbable brise, accrochaient les reflets de cette lumière bleue qui tombait on ne savait d'où.

Un indéfinissable sourire, très doux, jeune, lointain, disjoignait ses lèvres pâles. Ses grands yeux verts, encore élargis par la pénombre, brillaient d'un éclat étrange, «comme ceux d'une fille qui serait venue d'un autre monde», pensa Simon Lecoeur dès qu'il l'aperçut.

Et il demeura là, immobile au seuil de la chambre, tenant dans ses bras («comme une brassée de roses offerte au présent», se disait-il) le petit garçon évanoui. Frappé lui-même d'enchantement, il contemplait la merveilleuse apparition, craignant à chaque seconde qu'elle ne disparaisse en fumée, surtout lorsqu'un souffle d'air un peu plus vif (auquel pourtant aucun autre objet, dans la pièce, ne semblait exposé) faisait voler ses voiles autour d'elle, «comme des flammes couleur de cendre».

Au bout d'un temps sans doute très long (mais impossible à mesurer de façon certaine), pendant lequel Simon ne parvint à former, dans sa tête, aucune phrase qui aurait convenu à cette situation extraordinaire, il finit, en désespoir de cause, par prononcer ces simples mots, dérisoires:°

«Un enfant s'est blessé.

—Oui, je sais», dit la jeune fille, mais avec un tel retard que les paroles de Simon parurent avoir traversé, pour lui parvenir, des espaces immenses. Puis, après un nouveau silence, elle ajouta: «Bonjour. Mon nom est Djinn.»

⊢══⊣

vaporeux *gauzy*   dérisoires *ludicrous*

EXERCICES

Révision utile à la bonne assimilation du texte: *le futur et le conditionnel*. Le verbe *devoir* (ses différents temps, ses différents sens possibles).

A. COMPRÉHENSION GÉNÉRALE

a. Répondez aux questions suivantes sans reproduire le texte exact.

1. Quels sont les avantages de la ruelle, pour aller à la gare?
2. Pourquoi Simon continue-t-il à fermer les yeux et à prétendre la cécité?
3. Il arrive un accident. Lequel?
4. Cette flaque, est-ce du sang? Qu'est-ce que c'est, en fait?
5. Que fait alors Simon, pour secourir le blessé?
6. Comment est la jeune fille qui se tient à la porte de la chambre?
7. Comment parle Djinn? A-t-elle déjà parlé de façon semblable dans le premier chapitre? Expliquez.
8. Cette scène ressemble beaucoup à une scène précédente, mais elle ne lui est pas identique. Quelles sont les ressemblances et quelles sont les différences?

Expression non-verbale de votre compréhension

b. Montrez par un geste, un mouvement, une expression, ce que veut dire pour vous:

1. Il faut que vous fassiez attention en posant les pieds. / 2. Le gamin me tire vigoureusement par le bras gauche. / 3. Le gamin trébuche. / 4. J'éclate de rire. / 5. J'enlève mes lunettes noires et je demeure ébloui. / 6. Je ramasse l'enfant et je le porte dans mes bras. / 7. Je pousse du pied le battant de la porte.

B. VOCABULAIRE

a. Complétez les phrases par un des termes suivants:

pari	**prénom**	**nom**	**surnom**
mâchoire	**pouls**	**masure**	**accueil**
brise	**brassée**		

1. Un vent froid du Nord s'appelle la *bise*. Mais un petit vent très léger s'appelle la _____ .
2. Si vous êtes aimable, vous faites toujours un bon _____ à vos visiteurs.
3. Une maison modeste et en ruines est une _____ .

4. Vous connaissez Simon (dit *Boris*) Lecoeur. Simon est son _____ , Lecoeur est son _____ de famille, et *Boris* est son _____ .

5. Vous faites un _____ quand vous placez une somme d'argent (ou autre chose) sur un événement futur (le résultat d'un match, d'une course, d'une élection, etc.)

6. Une _____ est la quantité que vous pouvez porter dans vos bras.

7. La _____ inférieure est mobile, mais l'autre est fixe.

8. Votre _____ indique le rythme de circulation de votre sang.

b. Quel est le terme qui correspond au sens du texte?

1. Un aveugle est toujours dans $\begin{cases} \text{les ténèbres.} \\ \text{la pénombre.} \end{cases}$

2. Simon $\begin{cases} \text{veut absolument arriver à la gare à l'heure.} \\ \text{ne tient pas à arriver à la gare à une heure précise.} \end{cases}$

3. Simon, en aveugle, $\begin{cases} \text{trébuche sur le pavé inégal.} \\ \text{marche facilement et courrait s'il fallait.} \end{cases}$

4. Cette flaque de liquide visqueux est $\begin{cases} \text{du sang.} \\ \text{de l'eau stagnante et de la boue.} \end{cases}$

5. Dans cette rue déserte, il n'y a $\begin{cases} \text{sûrement personne.} \\ \text{probablement que des clochards.} \end{cases}$

6. Dans la chambre où Simon emporte l'enfant, Djinn $\begin{cases} \text{est déjà là.} \\ \text{arrive aussitôt.} \end{cases}$

7. Un élément d'étrangeté dans cette scène, c'est que

Simon $\begin{cases} \text{se souvient très bien de l'avoir déjà vécue.} \\ \text{n'a qu'une idée très vague de l'avoir déjà vécue.} \end{cases}$

8. La pièce est $\begin{cases} \text{vaguement éclairée d'une indéfinissable lumière bleue.} \\ \text{mal éclairee par la lumière du jour.} \end{cases}$

c. Quelques verbes. Employez le verbe correct à la forme correcte.

tâter	**nager**	**serrer**	**il vaut mieux**
tirer	**se hasarder**	**trébucher**	**s'évanouir**
se souvenir	**prendre**	**craindre**	

1. Un aveugle _____ le sol avec sa canne. (*présent*)
2. Les gens du Moyen-Âge _____ les êtres surnaturels. (*imparfait*)
3. Simon et l'enfant _____ un raccourci pour arriver plus vite. (*passé composé*)
4. Des poissons rouges _____ lentement dans le bassin. (*imparfait*)
5. Te _____ de ton enfance? Moi, je me rappelle très bien la mienne. (*présent*)
6. En France, on _____ la main des gens que l'on rencontre. (*présent*)

7. Votre santé est délicate? Alors, _____ ne pas faire d'excès et mener une vie régulière.   (présent)

   En fait, _____ que tout le monde évite les excès!   (*conditionnel*)
8. Le verbe _____ a plusieurs sens: to draw, to pull, to shoot.   (*infinitif*)
9. Quand vous êtes dans une situation nouvelle, intimidante, vous avez besoin de courage pour _____ à faire ou à dire quelque chose.   (*infinitif*)
10. Attention! Le pavé est très inégal. Ne _____ !   (*impératif*)
11. Le petit garçon est tombé et il _____ . Simon craignait qu'il ne soit mort.   (*passé composé*)

C. GRAMMAIRE

a. Le futur et le conditionnel.

Révisez dans votre grammaire la formation et les usages du futur et du conditionnel.

Le futur irrégulier. Quelle est la forme correcte?

Aujourd'hui	Une autre fois
Simon *fait* attention.	Simon _____
Il *faut* qu'il aille à la gare.	Il _____
Il *veut* continuer ce jeu.	Il _____
Il *est* à l'heure.	Il _____
Il *court* dans la rue.	Il _____
Il *tient* la main du garçon.	Il _____
Nous *pouvons* comprendre cette histoire.	Nous _____
J'en *vois* le sens final.	J'en _____
Tu *vas* à un rendez-vous secret.	Tu _____
Vous *venez* seul.	Vous _____
Ils *savent* trouver le chemin.	Ils _____

b. Le conditionnel et l'imparfait

Si vous _____ (*être*) à la place de Simon, _____ -vous (*répondre*) à cette annonce, et _____ -vous (*aller*) à ce rendez-vous? _____ -vous (*accepter*) ce déguisement? _____ -vous (*suivre*) ce petit garçon?

Mais si vous n' _____ (*aller*) pas dans ce vieux hangar, vous ne _____ (*rencontrer*) pas Djinn, et vous n' _____ (*avoir*) pas cette aventure étrange.

Pensez-vous que peut-être, Simon _____ (*pouvoir*) imaginer tout cela, ou au moins, il _____ (*être*) possible qu'il transforme la réalité?

Si vous _____ (*entendre*) la même histoire racontée par Djinn, elle _____ (*avoir*) sans doute une version assez différente.

c. Le conditionnel parfait et le plus-que-parfait

Supposez que c'est Simon qui pense.

Si je n'*avais* pas *répondu* à cette annonce, et si j(e) _____ (*rester*) chez moi hier soir, qu'est-ce que j(e) _____ (*faire*)? J(e) _____ (*aller*) au cinéma avec un copain, j(e) _____ (*boire*) un demi dans une brasserie, et j(e) _____ (*rentrer*) à la maison. Tout ça _____ (*être*) une soirée bien ordinaire.

Je _____ (*ne pas faire*) cette extraordinaire excursion dans le temps et dans l'espace. Je _____ (*ne pas voir*) ces mannequins et ces filles, je _____ (*ne pas entendre*) cette voix séduisante, je _____ (*ne pas tomber*) amoureux de cette fille aux yeux vert pâle.

Si je _____ (*ne pas accepter*) les ordres de Djinn, _____ -je _____ (*bien faire*)? À ma place, qu'est-ce que vous _____ (*faire*)?

d. Le verbe impersonnel il s'agit de

Ce verbe ne peut pas avoir d'autre sujet que *il*. (On ne peut pas dire: C̶e̶t̶t̶e̶ h̶i̶s̶t̶o̶i̶r̶e̶ s'agit de . . . . Il faut dire: Dans cette histoire, *il* s'agit de . . .). Employez le verbe au temps correct:

(*présent*) Pour Boris, _____ d'aller à la gare du Nord.

(*imparfait*) Quand il a vu la mise en scène des enfants, il a pensé qu' _____ d'un jeu.

(*futur*) Quand cette organisation commencera son action _____ de détruire les machines.

(*conditionnel*) Au commencement, vous pensiez probablement qu' _____ d'une activité de terrorisme.

(*conditionnel parfait*) Simon n'aurait jamais pensé qu' _____ d'un voyage dans le temps et dans le monde intérieur!

(*subjonctif présent*) Croyez-vous qu' _____ seulement d'une interprétation fantastique d'une réalité très simple?

(*imparfait du subjonctif*) À aucun moment, Simon ne souhaita qu' _____ simplement d'un rêve.

D. EXPRESSION PERSONNELLE

1. Répondez aux questions suivantes avec imagination:

Auriez-vous répondu à cette annonce? Pourquoi?

Seriez-vous allé à ce rendez-vous mystérieux? Pourquoi?

Accepteriez-vous de travailler sous les ordres d'une fille? Pourquoi?

Aimeriez-vous vivre cette aventure? Pourquoi?

Qu'est-ce qui vous étonnerait le plus, dans cette aventure?

Qu'est-ce qui vous plairait le plus? Le moins?

Voudriez-vous que toute cette aventure soit un rêve? Ou préféreriez-vous qu'elle ait une explication rationnelle? Pourquoi?

2. Continuez à examiner ce texte pour y trouver les éléments essentiels du *Nouveau Roman* en général, et de l'écriture de Robbe-Grillet, en particulier.

(dérèglement du temps et de l'espace, contraste entre le style et le contenu, etc.)

Sa voix était douce et lointaine, belle mais insaisissable, comme ses yeux.

«Vous êtes un elfe? demanda Simon.

—Un esprit, un elfe, une fille, comme vous voudrez.

—Mon nom est Simon Lecoeur, dit Simon.

—Oui, je sais», dit l'inconnue.

Elle avait un léger accent étranger, anglais peut-être, à moins que ce ne fussent là les intonations chantantes des sirènes ou des fées.° Son sourire s'était accentué, imperceptiblement, sur ses derniers mots: on eût dit qu'elle parlait d'ailleurs, de très loin dans le temps, qu'elle se tenait dans une sorte de monde futur, au sein duquel° tout serait déjà accompli.

Elle ouvrit la porte en grand, afin que Simon pût entrer sans mal. Et elle lui désigna d'un geste gracieux de son bras nu (lequel venait de se dégager dans son mouvement, hors d'une manche très ample à ouverture évasée) un lit de cuivre à l'ancienne mode dont la tête, adossée au mur du fond sous un crucifix d'ébène, était encadrée par deux candélabres en bronze doré, étincelants, chargés de multiples cierges. Djinn se mit à les allumer, lentement, l'un après l'autre.

«On dirait un lit de mort, dit Simon.

—Tous les lits ne seront-ils pas des lits de mort, un jour ou l'autre?» répondit la jeune fille, dans un murmure à peine audible. Sa voix prit ensuite un peu plus de consistance pour affirmer, maternelle tout à coup: «Dès que vous l'aurez couché sur ces draps blancs, Jean s'y endormira d'un sommeil sans rêve.

—Vous savez donc qu'il s'appelle Jean?

—Comment s'appellerait-il autrement? Quel nom bizarre voudriez-vous qu'il porte? Tous les petits garçons se nomment Jean. Toutes les petites filles s'appellent Marie. Vous le sauriez, si vous étiez d'ici.»

Simon se demanda ce qu'elle entendait par le mot «ici». Désignait-il cette maison bizarre? Ou cette rue abandonnée, dans son ensemble? Ou bien quoi d'autre? Simon déposa sur le lit

---

les intonations . . . fées *the melodious tones of sirens and fairies*   au sein duquel *in the midst of which*

funèbre, très doucement, l'enfant toujours inanimé, auquel Djinn ramena les deux mains au centre de la poitrine, comme on fait à ceux dont l'âme s'en va.

Le gamin se laissait faire sans opposer la moindre résistance, ni montrer quelque autre réaction que ce fût. Il avait conservé les yeux grands ouverts, mais ses prunelles étaient fixes. La flamme des bougies y faisait luire des reflets dansants, qui leur donnait une vie fiévreuse, inquiétante.

Djinn, à présent, se tenait à nouveau immobile, auprès du lit qu'elle contemplait d'un air serein. Dressée ainsi dans sa robe blanche vaporeuse, presque immatérielle, on l'aurait prise pour un archange qui veillait sur le repos d'un coeur en peine.°

Simon dut faire un effort sur lui-même, dans le silence oppressant qui s'était abattu sur la chambre, pour poser à la jeune fille de nouvelles questions:

«Saurez-vous me dire, aussi, de quel mal il souffre?

—Ce sont, répondit-elle, des troubles aigus° de la mémoire, qui lui provoquent des pertes partielles de conscience, et qui finiraient par le tuer tout à fait. Il faudrait qu'il se repose, sinon son cerveau surmené se fatiguera trop vite et ses cellules nerveuses mourront d'épuisement, avant que son corps n'ait atteint l'âge adulte.

—Quel genre de troubles est-ce exactement?

—Il se rappelle, avec une précision extraordinaire, ce qui n'est pas encore arrivé: ce qui lui arrivera demain, ou même ce qu'il fera l'année prochaine. Et vous n'êtes, ici, qu'un personnage de sa mémoire malade. Quand il se réveillera, vous disparaîtrez aussitôt de cette pièce, dans laquelle, en fait, vous n'avez pas encore pénétré . . .

—J'y viendrai donc plus tard?

—Oui. Sans aucun doute.

—Quand?

—Je ne connais pas la date exacte. Vous arriverez dans cette maison, pour la première fois, vers le milieu de la semaine prochaine . . .

---

un coeur en peine *a restless heart, a lost soul*   des troubles aigus *acute dysfunction*

—Et vous, Djinn, que deviendriez-vous s'il se réveillait?

—Moi aussi, je disparaîtrai d'ici à son réveil. Nous disparaîtrons au même instant l'un et l'autre.

—Mais où irons-nous? Resterons-nous ensemble?

—Ah non. Ça serait contraire aux règles de la chronologie. Essayez de comprendre: vous, vous irez là où vous devriez être en ce moment, dans votre réalité présente . . .

—Que voulez-vous dire par «présente»?

—C'est votre *moi* futur qui se trouve ici, par erreur. Votre *moi* «actuel» est à plusieurs kilomètres, je crois, en train de participer à une réunion écologiste contre le machinisme électronique ou quelque chose dans ce genre.

—Et vous?

—Moi, hélas, je suis déjà morte, depuis près de trois ans, et je n'irai donc nulle part. C'est seulement le cerveau détraqué de Jean qui nous a réunis dans cette maison, par hasard: moi, j'appartiens à son passé, tandis que vous, Simon, vous appartenez à son existence future. Vous comprenez, maintenant?»

Mais Simon Lecoeur ne parvenait pas à saisir—sinon de façon parfaitement abstraite—ce que tout cela pouvait signifier, matériellement. Afin d'éprouver s'il était—oui ou non—le rêve de quelqu'un d'autre, il eut l'idée de se pincer l'oreille avec force. Il ressentit une douleur normale, bien réelle. Mais qu'est-ce que cela prouvait?

Il fallait lutter contre le vertige auquel ces confusions de temps et d'espace exposaient sa raison. Cette fille diaphane et rêveuse était peut-être tout à fait folle . . . Il leva les yeux vers elle. Djinn le regardait en souriant.

«Vous vous pincez l'oreille, dit-elle, pour savoir si vous n'êtes pas en train de rêver. Mais vous ne rêvez pas: vous êtes rêvé, c'est tout différent. Et moi-même, qui suis pourtant morte, je puis encore sentir dans mon corps de la douleur ou du plaisir: ce sont mes souffrances et mes joies passées, dont cet enfant trop réceptif se souvient, et auxquelles il redonne une vie nouvelle, à peine émoussée par le temps.»

Simon était envahi par des sentiments contradictoires. D'une part, cette jeune fille étrange le fascinait et, sans se l'avouer, il redoutait de la voir disparaître: même si elle venait du royaume des ombres, il avait envie de rester près d'elle. Mais, en même temps, toutes ces absurdités le mettaient en colère: il avait l'impression qu'on lui racontait, pour se moquer de lui, des histoires à dormir debout.

Il tenta de raisonner calmement. Cette scène (qu'il était en train de vivre) n'aurait pu appartenir à son existence future—ou à celle du gamin—que si les personnages présents dans la chambre devaient effectivement s'y trouver réunis un peu plus tard, la semaine suivante, par exemple. Or cela devenait impossible, dans des conditions normales, si la jeune fille était morte près de trois ans auparavant.

Pour la même raison d'anachronisme, la scène qui se déroulait ici ne pouvait avoir eu lieu dans l'existence passée de Djinn, puisqu'il ne l'avait lui-même jamais rencontrée, de son vivant à elle . . .

Un doute, tout à coup, ébranla cette conviction trop rassurante . . . En un éclair, le souvenir traversa l'esprit de Simon, d'une rencontre passée avec une jeune fille blonde aux yeux vert pâle et au léger accent américain . . . Aussitôt cette impression s'effaça, d'un seul coup, comme elle était venue. Mais le garçon en demeura troublé.

Avait-il confondu, le temps d'une pensée, avec quelque image de l'actrice Jane Frank, qui l'aurait fortement impressionné, dans un film? Cette explication ne parvenait pas à le convaincre. Et la peur le reprit, de plus belle,° que le gamin ne sortît de son évanouissement et que Djinn ne se volatilisât sous ses yeux, à tout jamais.

À ce moment, Simon se rendit compte d'une particularité troublante du décor, à laquelle, très curieusement, il n'avait encore prêté aucune attention: les rideaux de la pièce étaient clos. Faits d'une lourde étoffe rouge sombre, très ancienne sans doute (usée par l'âge, le long des plis), ils masquaient complètement les surfaces vitrées qui devaient donner sur la rue. Pourquoi les tenait-on ainsi fermés, en plein jour?

Mais Simon réfléchit ensuite à cette idée de «plein jour». Quelle heure était-il donc? Agité d'une soudaine angoisse, il courut jusqu'aux fenêtres, par lesquelles n'arrivait aucune lumière,

de plus belle *with increased intensity*

ni à travers l'étoffe, ni sur les côtés. Il souleva en hâte un pan de rideau.

Dehors, il faisait nuit noire. Depuis quand? La ruelle était plongée dans l'obscurité totale, sous un ciel sans étoiles ni lune. On n'apercevait pas non plus la moindre lueur—électrique ou autre—aux embrasures des maisons, d'ailleurs à peu près invisibles. Un unique réverbère à l'ancienne mode, assez éloigné, tout à fait sur la droite, dispensait une faible clarté bleuâtre dans un rayon d'à peine quelques mètres.

Simon laissa retomber le rideau. La nuit serait-elle venue si vite? Ou bien le temps s'écoulerait-il «ici» selon d'autres lois? Simon voulut consulter sa montre-bracelet. Il ne fut même pas surpris en constatant qu'elle s'était arrêtée. Les aiguilles marquaient douze heures juste. C'était aussi bien minuit que midi.

Sur le mur, entre les deux fenêtres, était accroché un portrait photographique sous verre, encadré de bois noir, derrière lequel dépassait un rameau de buis bénit. Simon le regarda de plus près, mais la lumière qui provenait des chandeliers n'était pas suffisante pour qu'il pût distinguer les traits du personnage, un homme en tenue militaire, semblait-il.

Un brusque désir de mieux voir son visage s'empara de Simon, pour qui cette image prenait subitement une inexplicable importance. Il retourna vivement près du lit, saisit l'un des flambeaux, revint jusqu'au portrait, qu'il éclaira le mieux qu'il pût à la lueur tremblante des bougies . . .

Il l'aurait presque parié: c'était là sa propre photographie. Il n'y avait pas à s'y méprendre. La figure était parfaitement reconnaissable, bien que peut-être vieillie de deux ou trois ans, ou à peine plus, ce qui lui conférait un air de sérieux et de maturité.

Simon en demeurait comme pétrifié. Le lourd candélabre de bronze tendu à bout de bras, il ne pouvait détacher les yeux de son double, qui lui souriait imperceptiblement, d'un air à la fois fraternel et moqueur.

Il portait, sur ce cliché inconnu, l'uniforme de la marine de guerre et des galons de premier-maître.° Mais le costume n'était pas celui exactement en usage dans l'armée française, pas à l'époque actuelle, en tout cas. Simon, d'ailleurs, n'avait jamais été soldat ni marin. Le tirage était d'une teinte sépia un peu délavée.

des galons de premier-maître *the rank insignia of a chief petty officer*

Le papier en paraissait jauni par le temps, piqueté de petites taches grises ou brunâtres.

Dans la marge inférieure, deux courtes lignes manuscrites barraient en biais l'espace libre. Simon y reconnut aussitôt sa propre écriture, penchée à contre-sens comme celle des gauchers. Il lut à voix basse: «Pour Marie et Jean, leur papa chéri.»

Simon Lecoeur se retourna. Sans qu'il l'eût entendue bouger, Djinn s'était rapprochée de lui; et elle le contemplait avec une moue amusée, presque tendre:

«Vous voyez, dit-elle, c'est une photo de vous, dans quelques années.

—Elle fait donc partie, elle aussi, de la mémoire anormale de Jean, et de mon avenir?

—Bien entendu, comme tout le reste ici.

—Sauf vous?

—Oui, c'est exact. Parce que Jean mélange les temps. C'est cela qui dérègle les choses et les rend peu compréhensibles.

—Vous disiez tout à l'heure que je viendrai ici dans quelques jours. Pourquoi? Que viendrais-je donc y faire?

—Vous ramènerez dans vos bras un petit garçon blessé, évidemment, un petit garçon qui doit d'ailleurs être votre fils.

—Jean est mon fils?

—Il «sera» votre fils, comme le prouve cette dédicace sur la photographie. Et vous aurez aussi une petite fille, qui s'appellera Marie.

—Vous voyez bien que c'est impossible! Je ne peux pas avoir, la semaine prochaine, un enfant de huit ans, qui n'est pas encore né aujourd'hui, et que vous auriez néanmoins connu, vous, il y a plus de deux années!

—Vous raisonnez vraiment comme un Français, positiviste et cartésien°... De toutes façons, j'ai dit que vous viendrez ici

---

cartésien *(adjective, formed on the name of* Descartes*), rational, who bases his conclusion on solid evidence.* Descartes (1596–1660) *was a mathematician and philosopher, founder of the modern rational methodology of investigation. Descartes' best-known phrase is the famous* «Cogito, ergo sum», *I think therefore I am.*

dans quelques jours «pour la première fois». Mais vous y reviendrez souvent par la suite. Vous habiterez même probablement cette maison, avec votre femme et vos enfants. Pourquoi, sans cela, votre photo ornerait-elle le mur?

—Vous n'êtes pas française?

—Je n'étais pas française. J'étais américaine.

—Que faisiez-vous, dans la vie?

—Actrice de cinéma.

—Et de quoi êtes-vous morte?

—Un accident de machine, provoqué par un ordinateur fou. C'est pour cette raison que je milite, à présent, contre la mécanisation et l'informatique.

—Comment, «à présent»? Je croyais que vous étiez morte!

—Et après? Vous aussi, vous êtes mort! N'avez-vous pas remarqué le portrait encadré de bois noir, et le buis bénit qui veille sur votre âme?

—Et de quoi suis-je donc mort? De quoi serais-je mort? Ou plutôt, de quoi mourrai-je? s'écria Simon de plus en plus exaspéré.

—Péri en mer», répondit Djinn avec calme.

Cette fois, c'en était trop. Simon fit un dernier effort, désespéré, pour sortir de ce qui ne pouvait être qu'un cauchemar. Il pensa qu'il devrait d'abord se détendre les nerfs: il fallait qu'il hurle, qu'il se cogne la tête contre les murs, qu'il casse quelque chose . . .

Avec rage, il laissa choir le chandelier allumé sur le sol, et il marcha d'un pas décidé vers cette trop jolie fille qui se moquait de lui. Il la saisit à bras le corps.° Loin de lui résister, elle l'enlaça avec une sensualité à laquelle Simon ne s'était guère attendu.

Elle avait, pour un fantôme, une chair trop chaude et trop douce . . . Elle l'entraînait vers le lit, d'où le petit garçon s'était enfui, réveillé sans doute par le vacarme. Sur le plancher, les bougies répandues continuaient à brûler, au risque de mettre le feu aux rideaux . . .

C'est la dernière vision claire que Simon Lecoeur eut de la chambre, avant de sombrer dans le plaisir.

il la saisit à bras le corps *he grabbed her with both arms*

EXERCICES

A. COMPRÉHENSION GÉNÉRALE

a. Répondez aux questions suivantes sans reproduire le texte exact.

1. Est-ce que Simon reconnaît Djinn?
2. La pièce où il se trouve est-elle identique à celle que nous avons déjà vue? Expliquez.
3. Combien de fois, et dans quelles circonstances Djinn est-elle déjà apparue dans cette histoire?
4. Comment est-elle vêtue maintenant?
5. Djinn n'est ni une fille, ni un elfe . . . En fait, qu'est-ce que c'est? Pourquoi?
6. Comment Djinn explique-t-elle la maladie du petit garçon?
7. Comment cette maladie explique-t-elle toute la scène?
8. La photographie du marin est toujours sur le mur, mais qui représente-t-elle, maintenant? Et de quelle écriture est la dédicace?
9. Une photo représente toujours son sujet au passé, n'est-ce pas? Mais est-ce le cas de celle-ci? Expliquez.
10. Comment mourra Simon?
11. Comment se termine ce chapitre?

Expression non-verbale de votre compréhension

b. Montrez par un geste, un mouvement, une expression, ce que veut dire pour vous:

1. Elle me désigne quelque chose d'un mouvement de son bras nu. / 2. Elle se mit à allumer les cierges lentement, l'un après l'autre. / 3. L'enfant avait les deux mains ramenées au centre de la poitrine. / 4. Il eut l'idée de se pincer l'oreille et il ressentit une douleur normale. / 5. Il alla à la fenêtre et souleva un pan de l'étoffe des rideaux. / 6. Sa montre s'était arrêtée. / 7. Il tenait le candélabre à bout de bras et il examinait la photo sur le mur.

B. VOCABULAIRE

a. Complétez par l'adjectif approprié:

étrange	étranger	détraqué	lointain
étincelant	surmené	malade	délavé
actuel			

1. Pendant toute cette scène, Simon se trouve dans une situation _____ .
2. Djinn n'est pas française: Elle parle avec un accent _____ .
3. Quand vous travaillez trop, sans assez de repos, vous êtes vite _____ .
4. Un métal bien poli reflète la lumière. Il est _____ .

5. Quand une machine ne marche pas bien, elle est _____ .
6. Vous avez probablement des souvenirs _____ de votre petite enfance.
7. Vous ne portez pas de blue-jeans neufs. Vous les préférez usagés et _____ .
8. Vous êtes pâle et vous avez l'air très fatigué. Êtes-vous _____ ?
9. La période _____ veut dire la période contemporaine, celle que nous vivons maintenant.

b. *Quel est le mot qui ne correspond pas à la définition?*

1. Le fer
   Le plomb
   Le cuivre
   L'ébène } sont des métaux.

2. Une bougie
   Un flambeau
   Une manche
   Un cierge } servent à éclairer.

3. Les paupières
   Les paumes
   Les sourcils
   Les prunelles } font partie des yeux ou les entourent.

4. Un tissu vaporeux est {
   léger.
   épais.
   flottant.
   translucide.

5. Les tempes
   Le poignet
   Le front
   Le menton } font partie du visage.

6. Un éclair
   Une clarté
   Une lueur
   Un goût } sont des effets de lumière.

7. Un sourire
   Une moue
   Un rideau
   Un rictus } sont des expressions du visage.

8. Le noir
   Le clochard
   Les ténèbres
   L'obscurité } sont causés par le manque de lumière.

9. Les vêtements sont faits
$\left\{\begin{array}{l}\text{d'étoffe.}\\\text{de tissu.}\\\text{de tricot.}\\\text{de passants.}\end{array}\right.$

10. Si vous êtes à bout de nerfs, vous avez envie
$\left\{\begin{array}{l}\text{de sourire gentiment.}\\\text{de casser quelque chose.}\\\text{de hurler.}\\\text{de cogner votre tête}\\\quad\text{contre le mur.}\end{array}\right.$

c. Complétez la phrase dans le sens du texte.

Le chandelier est en _____ .

La robe de Djinn est en _____ .

Le gamin porte _____ .

Le pantalon blanc de Simon est

_____ .

Les rideaux sont _____ .

Djinn n'est pas vivante. Elle est _____

Le portrait sur le mur est _____ .

L'écriture de la dédicace est _____ .

Le lit est _____ .

Le cerveau de Jean est _____ .

Simon saisit Djinn _____ .

C. GRAMMAIRE

a. Le verbe devoir

Revisez ce verbe, ses temps et ses différents sens possibles, dans votre grammaire.

Quelques remarques sur le verbe *devoir:* ce verbe a deux sens possibles:

> Il doit faire froid. (It *must be* cold.)
> Simon doit aider cet enfant. (Simon *is supposed to* help that child.)

présent: je dois, tu dois, il/elle doit, nous devons, vous devez, ils/elles doivent (les deux sens sont possibles)

imparfait: je devais, etc. (les deux sens sont possibles)

passé composé: j'ai dû, etc. (plus souvent employé au sens de *must have*)

futur: je devrai (rarement employé au futur)

conditionnel présent: je devrais (*I ought to*)

conditionnel parfait: j'aurais dû (*I should have*)

Complétez par la forme appropriée du verbe devoir:

J(e) _____ (*must have been*) fou, quand j'ai accepté ce travail, pensait Simon. D'abord, j(e) _____ (*should have said*) à Djinn qu'elle _____ (*ought to*) me payer d'avance et me donner des précisions sur mon rôle exact.

J(e) _____ (*was supposed to*) aller à la gare, mais j(e) _____ (*must have*) prendre le mauvais chemin.

_____ -je (*Should I*) simplement essayer de rentrer chez moi? Ou bien _____ -je (*Am I supposed to*) errer dans le passé et le conditionnel pour le reste de ma vie? Je pense que mon cerveau _____ (*probably is*) être détraqué par le temps des verbes!

b. Futur et conditionnel, indicatif et subjonctif, présent et passé.

Mettez le verbe à la forme probable. (ou possible):

1. Êtes-vous content que Simon _____ (*faire*) l'amour avec Djinn?
2. Dès que l'enfant _____ (*se réveiller*), Djinn _____ (*disparaître*).
3. Si vous _____ (*connaître*) la fin, _____ -vous (*lire*) le reste du livre?
4. Nous pensons que le temps n(e) _____ pas (*être*) une valeur fixe, et nous ne pensons pas que l'aventure de Simon _____ (*être*) impossible.
5. Si vous _____ (*aller*) en France l'année prochaine, vous _____ (*rencontrer*) peut-être Simon.
6. C'est toujours la même chose: Si je _____ (*boire*) du café, je ne _____ (*dormir*) pas la nuit suivante.
7. Si vous _____ (*devenir*) riche, _____ -vous (*changer*) votre vie?
8. À votre avis, qu'est-ce que Simon _____ (*devoir*) faire quand il a lu l'annonce? Et qu'est-ce qu'il _____ (*devoir*) faire maintenant?
9. Faut-il toujours qu'on _____ (*faire*) des choses raisonnables? Est-il nécessaire que votre vie _____ (*suivre*) un cours rationnel?
10. Voudriez-vous qu'on _____ (*pouvoir*) rêver chaque fois que la réalité n(e) _____ (*sembler*) pas intéressante?

D. EXPRESSION PERSONNELLE

Vous savez sans doute qu' Alain Robbe-Grillet est l'auteur de nombreux films, aussi bien que de romans. Le mieux connu de ces films, fait en collaboration avec Alain Resnais, est *L'Année dernière à Marienbad,* et c'est le film qui a ouvert la série que l'on appelle Nouvelle Vague.

Imaginez que vous êtes metteur en scène et que vous devez filmer la scène que vous venez de lire (le chapitre 7 en entier). Transformez le texte en script cinématographique, avec dialogue et indications scéniques.

Par exemple:

Scène 1: Rue déserte déjà vue. Simon, conduit par le gamin, entre à droite. Simon porte lunettes noires et canne, et marche avec précaution.

Gamin: Si vous n'avancez pas plus rapidement, vous n'arriverez pas à l'heure pour le train, etc.

(Il serait excellent de faire cet exercice en classe. Dans ce cas, chaque étudiant contribue la partie suivante.)

8

Quand je suis arrivée en France, l'année dernière, j'ai fait la connaissance, par hasard, d'un garçon de mon âge nommé Simon Lecoeur, qui se faisait appeler Boris, je n'ai jamais su pourquoi.

Il m'a plu tout de suite. Il était assez beau, grand pour un Français, et il avait surtout une imagination fantasque qui lui faisait transformer, à chaque instant, la vie quotidienne et ses événements les plus simples en d'étranges aventures romanesques, comme il s'en trouve dans les récits de science-fiction.

Mais j'ai pensé, presque aussitôt, qu'il me faudrait sans doute beaucoup de patience, quelquefois, pour accepter de bon coeur ses inventions extravagantes; je devrais même écrire: ses folies. «Il faudra que je l'aime énormément, me suis-je dit dès ce premier jour; sans cela, très vite, nous ne nous supporterons plus.»

Nous nous sommes rencontrés de façon à la fois bizarre et banale, grâce à une petite annonce lue dans un quotidien. Nous cherchions l'un et l'autre du travail; un petit travail intermittent qui nous permettrait, sans trop nous fatiguer, de nous offrir, sinon l'indispensable, du moins le superflu.° Il se disait étudiant, lui aussi.

Une brève annonce, donc, écrite en style télégraphique avec des abréviations plus ou moins claires, recherchait un j.h. ou une j.f. pour s'occuper de deux enfants, un garçon et une fille, qu'il s'agissait probablement de garder le soir, d'aller chercher à l'école, d'emmener au zoo, ou d'autres choses du même genre. Nous nous sommes présentés tous les deux au rendez-vous. Mais personne d'autre n'est venu.

L'annonceur avait dû, dans l'intervalle, renoncer à son projet, ou bien se procurer par une autre voie, ce dont il avait besoin. Toujours est-il que, nous trouvant, Simon et moi, l'un en face de l'autre, chacun de nous a d'abord cru que l'autre était son éventuel employeur.

Lorsque nous avons découvert qu'il n'en n'était rien, et que l'annonceur en réalité nous faisait faux bond° (qu'il nous avait posé un lapin, comme cela se dit en France), j'ai été pour ma part assez déçue. Mais lui, sans se démonter° une seconde, s'est complu à prolonger volontairement sa méprise,° se mettant même à parler comme si j'allais devenir désormais son patron.°

«Ça ne vous dérangerait pas, lui ai-je alors demandé, de travailler sous les ordres d'une fille?» Il m'a répondu que cela lui plaisait au contraire beaucoup.

Il avait dit « plaît» et non pas «plairait», ce qui signifiait qu'il poursuivait le jeu. J'ai donc fait semblant, à mon tour, d'être moi-même ce qu'il disait, parce que ça me paraissait cocasse,° parce que surtout je le trouvais drôle et charmant.

J'ai même ajouté que ces enfants, qu'il surveillerait pour moi, dorénavant, n'étaient pas de tout repos:° ils appartenaient à une organisation terroriste qui faisait sauter les centrales atomiques . . . C'est une idée idiote qui m'était tout à coup, j'ignore pourquoi, passée par la tête.

Ensuite, nous sommes allés dans une brasserie, sur le bou-

---

le superflu *luxuries*   nous faisait faux bond *he stood us up ("I have been stood up" is also said, in everyday French: «On m'a posé un lapin».)*   sans se démonter *without losing his nerve, without losing his cool*   sa méprise *his error*   son patron *his boss*   cocasse *weird, funny, amusing*   ces enfants . . . n'étaient pas de tout repos *these children were a handful*

— 13   BAD! BAD! BAD!

Elle avait, pour un phantôme, une voix trop chaude et trop douce... Elle s'entraînait vers le lit

d'où le petit garçon enfui, s'éveillé sans doute par le vacarme, sur le plancher, les

bougies répandues continué à brûler, au risque de mettre le feu aux rideaux...

levard tout proche, où il m'a offert un café-crème et un croque-monsieur. Je voulais prendre une pizza, mais il s'est lancé aussitôt dans de nouvelles fables au sujet de ce bistrot, dans lequel on aurait censément° servi des nourritures empoisonnées aux espions ennemis dont on désirait se débarrasser.

Comme le garçon de café était peu loquace, maussade,° avec une tête plutôt sinistre, Simon a prétendu que c'était un espion soviétique, pour le compte duquel travaillaient justement les deux gosses.°

Nous étions très gais tous les deux. Nous nous parlions à l'oreille, pour que le serveur ne nous entende pas, comme des conspirateurs ou des amoureux. Nous nous amusions de tout. Tout nous semblait se passer dans une atmosphère singulière, privilégiée, quasi surnaturelle.

Il fallait que j'aille à la gare du Nord, pour y rencontrer mon amie Caroline, qui devait arriver par le train d'Amsterdam. Ça n'était pas très loin de l'endroit où nous nous trouvions. Simon, qui bien entendu souhaitait m'accompagner, a proposé que nous y allions à pied. Je devrais d'ailleurs plutôt écrire: «Simon a décidé que nous irions à pied», car sa constante fantaisie, paradoxalement, s'alliait à un assez fort autoritarisme.

Nous nous sommes mis en marche, joyeusement. Simon s'ingéniait à inventer toutes sortes d'histoires, plus ou moins fantastiques, concernant les lieux que nous traversions et les gens qui nous croisaient. Mais il nous a fait prendre un chemin bizarre, compliqué, dont il n'était pas assez sûr: des ruelles de plus en plus désertes qui devaient, paraît-il, constituer un raccourci.

Nous avons fini par nous perdre tout à fait. J'avais peur d'être en retard, et Simon m'amusait nettement moins. J'ai été bien contente, en désespoir de cause,° de pouvoir sauter dans un taxi en maraude,° dont la présence inopinée en ces lieux perdus m'est apparue comme providentielle.

Avant d'abandonner mon déplorable guide, qui refusait—pour des raisons extravagantes—de monter avec moi dans cette voiture, je lui ai quand même donné rendez-vous pour le lendemain, sous un prétexte d'ailleurs absurde (volontairement ab-

---

censément *supposedly*   maussade *grouchy*   gosses *kids*   en
désespoir de cause *as a last resort*   un taxi en maraude *a cruising cab*

surde): reprendre la visite de ce quartier désolé—sans aucun attrait touristique—au point précis où nous nous quittions, c'est-à-dire au milieu d'une longue ruelle rectiligne, entre des vieilles palissades et des murs à demi écroulés, avec un pavillon en ruines comme repère.°

Comme j'avais peur de ne pas retrouver cet endroit toute seule, nous avons décidé de nous rejoindre, pour cette exploration, dans le café-brasserie où nous nous étions déjà arrêtés aujourd'hui. La bière y serait peut-être moins mauvaise que le café noir.

Mais le chauffeur de taxi s'impatientait; il prétendait que son véhicule gênait la circulation, ce qui était tout à fait stupide, puisqu'il n'y avait pas de circulation du tout. Cependant, l'heure du train approchait, et nous nous sommes faits des adieux très brefs, Simon et moi. Au dernier moment, il m'a crié un numéro de téléphone où l'on pouvait l'appeler: le sept cent soixante-cinq, quarante-trois, vingt-et-un.

Une fois installée dans le taxi, qui était vieux et en plus mauvais état encore que ceux de New York, j'ai pensé qu'il avait aussi cette couleur jaune vif à laquelle nous sommes habitués, chez nous, mais qui est exceptionnelle en France. Simon, pourtant, ne s'en était pas étonné.

Et puis, en y réfléchissant davantage, je me suis demandé comment il se faisait que cette voiture se soit justement trouvée là, sur notre chemin: les taxis n'ont pas coutume de marauder dans de tels lieux déserts, quasi inhabités. Cela ne se comprendrait guère . . .

Mon trouble° s'est encore accru lorsque j'ai constaté que le chauffeur avait disposé son rétroviseur° intérieur, en haut du pare-brise,° de manière à m'observer commodément moi-même, au lieu de surveiller la rue derrière nous. Quand j'ai croisé son regard, dans le petit miroir rectangulaire, il n'a même pas détourné les yeux. Son visage avait des traits forts, irréguliers, dissymétriques. Et je lui ai trouvé un air sinistre.

Gênée par ces pupilles sombres, profondément enfoncées dans les orbites, qui continuaient de me fixer dans la glace (connaissait-il donc si bien ce labyrinthe de ruelles, qu'il pouvait y

comme repère *as a landmark*   mon trouble *my anxiety*
son rétroviseur *his rearview mirror*   le pare-brise *the windshield*

conduire ainsi à vive allure sans presque regarder sa route?), j'ai demandé si la gare du Nord était encore loin. L'homme a eu alors une crispation horrible de la bouche, qui représentait peut-être un sourire raté, et il a dit, d'une voix lente:

«Ne vous en faites pas,° on va y être bientôt.»

Cette phrase anodine, prononcée sur un ton lugubre (quelqu'un de peureux l'eût même jugé menaçant), n'a fait qu'augmenter mon trouble. Ensuite, je me suis reproché mon excessive méfiance,· et je me suis dit que l'imagination délirante° de Simon devait être contagieuse.

Je m'étais crue très près de la gare, au moment où nous nous étions séparés, Simon et moi. Cependant, le taxi a roulé très long-temps, dans des quartiers où je ne reconnaissais rien, et dont l'aspect rappelait plutôt celui de lointaines banlieues.

Puis, brusquement, à un détour de rue, nous nous sommes trouvés devant la façade bien connue de la gare du Nord. Au bord du trottoir, à l'endroit où les taxis débarquent leurs clients, après un rapide virage,° il y avait Simon qui m'attendait.

Il m'a ouvert la portière avec galanterie, et il a sans doute réglé lui-même le prix de la course, car, après que je l'ai vu se pencher un instant vers la vitre baissée du chauffeur, celui-ci a démarré sans attendre autre chose, à toute vitesse. Pourtant, cet échange de propos (inaudibles) avait été d'une brièveté extrême, et je ne me souviens pas d'avoir aperçu, entre les deux hommes, le moindre geste pouvant se rapporter à une quelconque opération de paiement.

J'étais, d'ailleurs, absolument éberluée° par cette réapparition inopinée de Simon. Il souriait avec gentillesse, d'un air heureux, comme un enfant qui a fait une bonne farce. Je lui ai demandé comment il était arrivé là.

«Eh bien, m'a-t-il répondu, j'ai pris un raccourci.

—Vour êtes venu à pied?

—Naturellement. Et je vous attends depuis déjà dix minutes.

—Mais c'est impossible!

Ne vous en faites pas *Don't worry turn*   délirante *wild*   un virage *a U*
éberluée *flabbergasted*

—C'est peut-être impossible, mais c'est vrai. Vous avez mis un temps énorme à faire ce trajet très court. Maintenant, vous avez raté° votre train, et votre amie.»

C'était malheureusement exact. J'avais presque dix minutes de retard, et j'allais avoir bien du mal à retrouver Caroline dans la foule. Je devais l'attendre à sa descente du train, juste à l'entrée du quai.

«Si vous voulez mon avis, a encore ajouté Simon, ce chauffeur vous a promenée exprès, pour allonger la course. Comme vous tardiez à venir, j'ai même cru un moment que vous n'arriveriez jamais: les taxis jaunes sont toujours ceux qui servent aux enlèvements.° C'est une tradition chez nous.

«Il faudra dorénavant vous méfier davantage: il disparaît chaque jour à Paris, de cette manière, une bonne douzaine de jolies filles. Elles passeront le reste de leur brève existence dans les luxueuses maisons de plaisir de Beyrouth, de Macao et de Buenos Aires. On a découvert justement le mois dernier . . .»

Puis soudain, comme s'il se rappelait tout à coup une affaire urgente, Simon s'est interrompu, au milieu de ses inventions et de ses mensonges, pour déclarer précipitamment:

«Excusez-moi, il faut que je m'en aille. Je me suis déjà trop attardé . . . À demain, donc, comme convenu.»

Il avait pris, pour me rappeler notre rendez-vous du lendemain, une voix basse et mystérieuse, comme quelqu'un qui aurait craint les oreilles indiscrètes d'éventuels espions. J'ai répondu «À demain!» et je l'ai vu partir en courant. Il s'est perdu aussitôt dans la foule.

Je me suis alors retournée vers l'entrée de la gare et j'ai aperçu Caroline qui en sortait, s'avançant vers moi avec son plus large sourire. À ma grande surprise, elle tenait par la main une petite fille blonde, très jolie, âgée peut-être de sept ou huit ans.

Caroline, qui avait sa main droite encombrée par une valise, a lâché la petite fille pour me faire un grand signe joyeux avec le bras gauche. Et elle m'a crié, sans se soucier des passants qui se hâtaient en tous sens entre elle et moi:

vous avez raté *you have missed*   qui servent aux enlèvements *that are*
used in kidnappings

«C'est comme ça que tu m'attends sur le quai! Tu restes parler avec des garçons, sans te préoccuper de l'heure de mon train!»

Elle est accourue jusqu'à moi et elle m'a embrassée avec son exubérance coutumière. La petite fille regardait ailleurs, de l'air discret d'une jeune personne bien élevée qui n'a pas encore été présentée. J'ai dit:

«Oui, je sais, je suis un peu en retard. Pardonne-moi. Je t'expliquerai . . .

—Il n'y a rien à expliquer: j'ai bien vu que tu étais avec un beau jeune homme! Tiens, je te présente Marie. C'est la fille de mon frère Joseph et de Jeanne. On me l'a confiée, à Amsterdam, pour la ramener à ses parents.»

L'enfant a exécuté alors à mon intention, avec application et sérieux, une révérence compliquée, cérémonieuse, comme on en apprenait aux demoiselles il y a cinquante ou cent ans. J'ai dit: «Bonjour, Marie!» et Caroline a poursuivi ses explications avec volubilité.

«Elle passait ses vacances chez une tante, tu sais: la soeur de Jeanne qui s'est mariée avec un officier de marine russe. Je t'ai déjà raconté cette histoire: un nommé Boris, qui a demandé l'asile politique lors d'une escale de son bateau à la Haye.»

Sur un ton raisonnable de grande personne,° et dans un langage étonnamment apprêté pour une enfant de cet âge, la petite Marie a ajouté ses propres commentaires:

«Oncle Boris n'est pas vraiment un réfugié politique. C'est un agent soviétique, déguisé en dissident et chargé de semer la contestation et le désordre chez les travailleurs de l'industrie atomique.

—C'est toi qui as découvert ça toute seule? lui ai-je demandé avec amusement.

—Oui, c'est moi, a-t-elle répondu sans se troubler. J'ai bien vu qu'il avait son numéro d'espion tatoué en bleu sur le poignet gauche. Il essaie de le dissimuler sous un bandage en cuir, qu'il porte censément pour renforcer son articulation. Mais ça n'est pas vrai, puisqu'il ne fait aucun travail de force.

---

sur un ton . . . grande personne *in the reasonable tone of a grown-up person*

—N'écoute pas Marie, m'a dit Caroline. Elle invente tout le temps des histoires absurdes, de science fiction, d'espionnage ou de spiritisme. Les enfants lisent trop de littérature fantastique.»

À ce moment, je me suis aperçue qu'un homme nous observait, à quelques pas de nous. Il se tenait un peu en retrait, dans un angle de mur, et fixait sur notre petit groupe un regard anormalement intéressé. J'ai cru d'abord que c'était Marie qui attirait ainsi, de façon assez suspecte, son attention.

Il pouvait avoir une quarantaine d'années, peut-être un peu plus, et portait un costume gris, croisé, de forme classique (veste, pantalon et gilet assortis), mais vieux, râpé,° déformé par l'usage, ainsi qu'une chemise et une cravate aussi défraîchies que s'il avait dormi tout habillé, durant quelque très long parcours en chemin de fer. Il tenait à la main une petite valise en cuir noir, qui m'a fait penser à une trousse de chirurgien,° je ne sais pas exactement pourquoi.

Ces yeux sombres et perçants, profondément enfoncés dans leurs orbites, ce visage aux traits dissymétriques, lourds, désagréablement accusés, cette grande bouche tordue par une sorte de rictus, tout cela me rappelait avec violence quelque chose . . . un souvenir, récent pourtant, que je n'arrivais pas à préciser.

Puis, d'un seul coup, je me suis souvenue: c'était le chauffeur du taxi jaune qui m'avait conduite à la gare. J'en ai éprouvé une si vive impression de malaise, presque physique, que je me suis sentie rougir. J'ai détourné la tête de ce déplaisant personnage. Mais, quelques secondes plus tard, je l'ai regardé de nouveau.

Il n'avait ni bougé, ni changé la direction de son regard. Mais c'était plutôt Caroline, à vrai dire, qu'il paraissait surveiller. Ai-je oublié de signaler que Caroline est très jolie? Grande et bien faite, svelte, très blonde, avec les cheveux courts et un visage doux, légèrement androgyne, qui rappelle beaucoup celui de l'actrice Jane Frank, elle attire toujours sur elle les hommages, plus ou moins indiscrets, des hommes de tous les âges.

Il faut aussi que j'avoue autre chose: les gens prétendent que nous nous ressemblons, elle et moi, de façon troublante. On nous prend en général pour deux soeurs, souvent même pour des jumelles. Et il est arrivé plusieurs fois que des amis de Caroline

râpé *threadbare*   une trousse de chirurgien *a surgeon's kit* s'adressent à moi, en croyant lui parler à elle, ce qui a donné lieu un jour à une aventure étrange . . .

Mais Caroline a interrompu le cours de mes pensées:

«Qu'est-ce qui t'arrive? a-t-elle demandé en me dévisageant avec inquiétude. Tu as changé de figure. On dirait que tu viens d'apercevoir quelque chose d'effrayant.»

Marie, qui avait deviné la cause de mon émotion, a expliqué tranquillement, à voix très haute:

«Le type qui nous suit depuis qu'on est descendu du train est toujours là, avec sa petite valise pleine de couteaux. C'est un sa- tyre,° évidemment, je l'avais vu tout de suite.

—Ne parle pas si fort, a murmuré Caroline en se penchant vers la fillette, sous prétexte d'arranger les plis froissés de sa robe, il va nous entendre.

—Bien sûr qu'il nous entend, a répondu Marie sans baisser le ton. Il est là pour ça.»

Et, brusquement, elle a tiré la langue en direction de l'inconnu, en même temps qu'elle lui adressait son sourire le plus angélique. Caroline s'est mise à rire, avec son insouciance habi- tuelle, tout en grondant° Marie pour la forme, sans aucune con- viction. Puis elle m'a dit:

«En fait, la petite a peut-être raison. Je crois d'ailleurs que ce type a pris le même train que nous. Il me semble l'avoir vu qui rôdait dans le couloir du wagon, et aperçu déjà sur le quai de départ, à Amsterdam.»

Levant à nouveau les yeux vers l'inquiétant personnage à la mallette noire, j'ai assisté alors à une scène qui n'a fait qu'accroître mon étonnement.° L'homme n'était plus tourné de notre côté; il regardait à présent un aveugle qui venait vers lui, tâtant le sol avec l'extrémité ferrée de sa canne.

un satyre *a sex pervert*   tout en grondant *while scolding*   une scène qui . . . étonnement *a sight that only served to increase my astonishment*

EXERCICES

Emphase grammaticale: Les verbes pronominaux

A. COMPRÉHENSION GÉNÉRALE

a. Répondez aux questions suivantes sans reproduire le texte exact.

1. Qui parle dans ce chapitre? Comment le savez-vous immédiatement?
2. Comment est Simon, d'après Djinn? (Qualités et défauts)
3. Comment se sont-ils rencontrés?
4. Qu'est-ce que cette annonce demandait?
5. Qui a fait faux bond au rendez-vous (ou: Qui a posé un lapin)?
6. Simon raconte des histoires fantastiques! Pourquoi empêche-t-il Djinn de commander une pizza?
7. Pourquoi fallait-il que Djinn aille à la gare du Nord?
8. Djinn prend un taxi. Qu'est-ce qui est bizarre dans ce taxi, son chauffeur, et l'itinéraire suivi pour aller à la gare du Nord?
9. Djinn arrive devant la gare. Surprise! Qui l'attend? Comment explique-t-il sa présence?
10. Qui paie le taxi?
11. Caroline arrive. Est-elle seule? Expliquez.
12. Il est question maintenant d'un autre *Boris*. Qui est-il?
13. Décrivez cet homme qui observe Djinn, Caroline et Marie. Qui est-ce?
14. Qu'est-ce qui est remarquable dans l'apparence de Djinn et de Caroline?
15. Quel est l'étrange personnage—déjà vu—qui apparaît dans le dernier paragraphe?

Expression non-verbale de votre compréhension

b. Montrez par un geste, un mouvement, une expression, ce que veut dire pour vous:

1. Il avait une expression maussade. / 2. Nous nous parlions à l'oreille. / 3. Le chauffeur de taxi s'impatientait: Son taxi gênait la circulation. / 4. Le chauffeur avait disposé son rétroviseur, en haut du pare-brise, de manière à m'observer. / 5. Elle m'a fait un grand signe joyeux avec le bras gauche. / 6. On dirait que tu viens d'apercevoir quelque chose d'effrayant. / 7. Elle a arrangé les plis froissés de sa robe. / 8. Caroline s'est mise à rire. / 9. L'aveugle tâtait le sol avec l'extrémité ferrée de sa canne.

B. VOCABULAIRE

a. Complétez les phrases suivantes par un des noms:

une annonce	un quotidien	le superflu
une méprise	un rétroviseur	la méfiance
la banlieue	la foule	un enlèvement
des jumeaux (des jumelles)		

1. Vous voulez vendre votre voiture? Mettez _____ dans le journal.
2. Deux frères nés en même temps sont _____ Deux soeurs sont _____ .
3. Un journal qui paraît tous les jours est _____ .
4. Un _____ est l'action de terroristes ou de criminels qui demandent une rançon.
5. Un autre terme pour *une erreur,* c'est _____ .
6. C'est aux heures de pointe que _____ est le plus intense dans les rues.
7. Préférez-vous habiter en ville, ou dans _____ à plusieurs kilomètres de votre travail?
8. Pour voir ce qui passe derrière votre voiture, il vous faut _____ .
9. Le contraire de la confiance, c'est _____ .
10. Les gens très pauvres n'ont pas les moyens d'avoir _____ qui rend la vie plus agréable.

b. Quelle expression emploieriez-vous?

faire faux-bond	être de tout repos	ne pas s'en faire
offrir quelque chose à quelqu'un	finir par faire quelque chose	mettre une heure à

(L'expression vous est donnée ici à l'infinitif. Il faut que vous la mettiez à la forme correcte.)

1. «La circulation et la foule étaient telles que j' (passé composé) _____ arriver chez vous!»
2. Ah, ce type! Il m'a téléphoné trois fois pour me rappeler notre rendez-vous, et puis à la dernière minute, il m' (passé composé) _____ . Il n'est pas venu à ce rendez-vous!
3. Quelle chance de vous rencontrer! Venez dans ce bistrot, je (présent) _____ un café-crème.
4. L'histoire de Simon et de Djinn n'est pas claire? Continuez à réfléchir, et vous (futur) _____ comprendre ce que Robbe-Grillet veut dire.
5. Quelle sorte de travail cherchez-vous? Je voudrais un emploi qui (subjonctif) _____ , sans responsabilités, et sans beaucoup d'heures de présence.
6. Vous êtes nerveux? Anxieux? Troublé? Calmez-vous, et (impératif) _____ Tout ira bien.

C. GRAMMAIRE: Les verbes pronominaux

Review the lesson on *Verbes pronominaux* (Reflexive verbs) in your grammar book. We will give you here only a few pointers which might not be included in your textbook.

Les 4 groupes de verbes pronominaux.

Il y a quatre sortes de verbes pronominaux:

1. *Les verbes pronominaux strictement réfléchis*
   Comme: je me demande, je m'amuse, je me reproche, je me crois, je me tiens, etc.
   Dans le cas de ces verbes, l'action retombe sur le sujet.

2. *Les verbes pronominaux réciproques*
   Comme: Nous nous parlons, nous nous aimons, nous nous ressemblons, nous nous plaisons, nous nous embrassons, etc.
   Dans le cas de ces verbes, l'action est mutuelle et réciproque entre les différentes personnes qui forment le sujet.

3. *Les verbes pronominaux idiomatiques*
   Certains verbes prennent un sens idiomatique quand on les emploie à la forme pronominale.

Comme:	
s'en faire	(*to worry*)
se rappeler	(*to remember*)
se faire à quelque chose	(*to get used to something*)
se mettre à	(*to get started doing something*)
se rendre compte	(*to realize*)

   Le français contemporain emploie un grand nombre de ces verbes pronominaux à sens idiomatique.

4. *Les verbes pronominaux à sens passif*
   Certains verbes prennent un sens passif quand on les emploie à la forme pronominale:

Comme:	
Ça se dit, Ça ne se dit pas.	(*It is / It is not said*)
Ça se fait, Ça ne se fait pas.	(*It is / It is not done*)
Le melon se mange glacé.	(*Melon is eaten iced*)
Ce film se joue à la télé.	(*This film is shown on TV*)

Employez un verbe pronominal. Comment exprimeriez-vous cette idée par un verbe pronominal?

s'amuser	s'occuper de	se mettre à	se quitter
se faire des adieux	s'en faire	se souvenir de	se ressembler
s'embrasser	s'appeler		

Exemple
Le nom de ce jeune homme est Simon.
Ce jeune homme s'appelle Simon.

1. Vous sortez pour la soirée? _____ bien.
2. J'ai le même coloris et la même silhouette que Caroline. Caroline et moi, nous _____ .
3. C'est un travail très simple. Il faut garder deux enfants l'après-midi. Il faut _____ de ces enfants.
4. Je n'ai pas oublié nos rendez-vous à Paris. Je _____ nos rendez-vous à Paris.
5. Je vais commencer ce travail demain. Je vais _____ ce travail demain.
6. Votre mère a une nature inquiète. Elle imagine toujours des catastrophes. Elle _____ toujours.
7. À la gare, Djinn a embrassé Caroline et Caroline a embrassé Djinn. Caroline et Djinn _____ .
8. Djinn est partie, et Simon est parti dans une autre direction. Djinn et Simon _____ .
9. Le contact des lèvres sur le visage d'une autre personne est un signe d'amitié ou d'amour. Deux personnes qui établissent ce contact _____ .

D. EXPRESSION PERSONNELLE

1. Que signifie ce changement de narrateur? (Dans les six premiers chapitres, le narrateur est Simon. Un autre narrateur apparaît dans le chapitre 7. Maintenant c'est une autre personne qui parle à la première personne).

2. La version des événements donnée par Djinn est-elle très différente de celle de Simon? Pourquoi?

3. Malgré les différences, retrouve-t-on, dans la version de Djinn, les personnages et les décors déjà vus? Expliquez.

4. Même dans l'histoire—si raisonnable en apparence—de Djinn, il y a des moments bizarres et inexplicables. Lesquels, par exemple?

5. Que pensez-vous de l'arrivée de cet aveugle? Avez-vous déjà vu ce personnage, ou un autre qui lui ressemble beaucoup? Y a-t-il là un autre exemple de la distorsion du temps qui caractérise l'écriture robbegrilletienne?

6. Imaginez que *vous* étiez à la place de Djinn. Comment auriez-vous perçu toute cette aventure? (Remarquez que, par exemple, l'apparence terrifiante du chauffeur de taxi, représente une interprétation entièrement personnelle! Pour vous, il a peut-être l'air malade, triste, fatigué, mais sûrement pas dangereux.)

7. D'après ce que vous avez lu jusqu'à présent, est-ce que le *Nouveau Roman* essaie de donner une narration objective des événements? Une progression chronologique des événements? Qu'est-ce que le *Nouveau Roman* essaie de faire?

C'était un grand garçon blond de vingt ou vingt-cinq ans, vêtu d'un élégant blouson en cuir très fin, de couleur crème, ouvert sur un pull-over bleu vif. De grosses lunettes noires cachaient ses yeux. Il tenait dans la main droite sa canne blanche à poignée recourbée. Un gamin d'une douzaine d'années le guidait par la main gauche.

Pendant quelques secondes, je me suis imaginé, contre toute vraisemblance, qu'il s'agissait de Simon Lecoeur, qui serait revenu déguisé en aveugle. Bien entendu, en l'observant mieux, j'ai aussitôt reconnu mon erreur: les quelques points communs qu'on aurait pu relever dans l'allure générale, le costume, ou la coiffure des deux jeunes garçons, ne constituaient en réalité que peu de chose.

Quand le jeune homme à la canne blanche et son guide sont arrivés auprès du type aux vêtements fatigués et à la sacoche de médecin, ils se sont arrêtés. Mais aucun d'entre eux n'a manifesté quoi que ce soit. Il n'y a pas eu de salutations ni ces paroles ou gestes d'accueil qu'on aurait pu attendre dans de semblables circonstances. Ils sont demeurés là sans rien dire, face à face, immobiles désormais.

Puis, avec lenteur et précision, du même mouvement régulier, exactement comme si une même mécanique faisait mouvoir leurs trois têtes, ils se sont tournés vers nous. Et ils sont restés ainsi, de nouveau pétrifiés, sans plus bouger que trois statues: le jeune homme au visage blond à demi masqué par les grosses lunettes, encadré du garçonnet à sa gauche et du petit homme au complet gris déformé à sa droite.

Ils avaient tous les trois leurs yeux fixés sur moi, l'aveugle aussi, j'en aurais juré,° derrière ses énormes verres noirs. La figure maigre du gamin était d'une pâleur extrême, anormale, fantomatique. Les traits ingrats du petit homme s'étaient figés en un horrible rictus. Le groupe entier m'a paru tout à coup si effrayant, que j'ai eu envie de hurler, comme pour faire cesser un cauchemar.

Mais, ainsi que dans les cauchemars, aucun son n'est sorti de ma bouche. Pourquoi Caroline ne disait-elle rien? Et Marie, qui se tenait entre nous deux, pourquoi ne rompait-elle pas le charme, avec sa désinvolture d'enfant sans peur et sans respect?°

j'en aurais juré *I could have sworn*   sans peur et sans respect *without fear or respect (A takeoff on a famous motto: That of the great knight Du Guesclin, who lived and fought in the XIVth century. His coat of arms proclaimed him to be* «sans peur et sans reproche,» *fearless and blameless.)*

Pourquoi ne bougeait-elle plus, devenue muette elle aussi, sous l'effet de quel enchantement?

L'angoisse montait en moi si dangereusement, inexorable, que j'ai craint de perdre connaissance. Pour lutter contre l'insupportable malaise, si peu dans ma nature, j'ai essayé de penser à autre chose. Mais je n'ai plus trouvé, pour me raccrocher,° qu'un des discours stupides que m'avait tenu Simon, une heure ou deux auparavant:

Je n'étais pas, prétendait-il, une vraie femme, mais seulement une machine électronique très perfectionnée, construite par un certain docteur Morgan. Celui-ci, à présent, se livrait sur moi à des expériences diverses, afin de tester mes performances. Il me soumettait à une série d'épreuves,° tout en faisant surveiller mes réactions par des agents à son service, placés partout sur mon chemin, et dont certains ne seraient également, eux-mêmes, que des robots . . .

Les gestes de ce faux aveugle, qui venait d'arriver comme fortuitement en face de moi, ne m'avaient-ils pas, justement, paru mécaniques et saccadés? Ces étranges lunettes, dont la taille me semblait de plus en plus monstrueuse, ne masquaient-elles sans doute pas de vrais yeux, mais un dispositif d'enregistrement sophistiqué, peut-être même des émetteurs de rayons qui agissaient, à mon insu, sur mon corps et sur ma conscience. Et le chirurgien-chauffeur de taxi n'était autre que Morgan lui-même.

L'espace entre ces gens et moi s'était vidé, par je ne sais quel hasard,° ou quel prodige. Les voyageurs qui circulaient ici en grand nombre, un instant plus tôt, avaient maintenant disparu . . . Avec une difficulté incompréhensible, j'ai réussi à détourner ma tête de ces trois regards qui m'hypnotisaient. Et j'ai cherché du secours du côté de Marie et de Caroline . . .

Elles aussi fixaient sur moi ces mêmes yeux glacés, inhumains. Elles n'étaient pas dans mon camp, mais dans le leur, contre moi . . . J'ai senti mes jambes qui se dérobaient° et ma raison qui basculait, dans le vide, en une chute vertigineuse.

Lorsque je me suis réveillée ce matin, j'avais la tête vide, lourde, et la bouche pâteuse, comme si je m'étais livrée, la veille,

---

pour me raccrocher *to hold onto*
tests   hasard *m. chance*
giving way

une série d'épreuves *a succession of*
mes jambes qui se dérobaient *(I felt) my legs*

à des excès de boissons alcooliques, ou comme si j'avais pris quelque puissant somnifère. Ce n'était pourtant pas le cas.

Qu'avais-je fait, au juste, le soir précédent? Je ne parvenais pas à m'en souvenir ... Je devais aller chercher Caroline à la gare, mais quelque chose m'en avait empêchée ... Je ne savais plus quoi.

Une image, cependant, est revenue à ma mémoire, mais je ne pouvais la rattacher à rien. C'était une grande chambre, meublée de choses disparates, en très mauvais état, comme ces chaises défoncées et ces carcasses de lit en fer que l'on mettait au rebut dans les greniers des anciennes maisons.

Il y avait en particulier un très grand nombre de vieilles malles, de volumes et de formes divers. J'en ai ouvert une. Elle était pleine de vêtements féminins démodés, de corsets, de jupons et de jolies robes fanées d'autrefois. J'avais du mal à en distinguer les ornements compliqués et les broderies, car la pièce n'était éclairée que par deux chandeliers où brûlaient des restes de bougie à la flamme jaune et vacillante...

Ensuite, j'ai pensé à la petite annonce dont Caroline m'avait lu le texte, au téléphone, quand elle m'avait appelée pour me donner l'heure de son train. Puisque je cherchais un petit travail, afin de compléter le montant de ma bourse, j'avais décidé de me rendre à l'adresse indiquée dans cette offre d'emploi bizarre, que mon amie avait trouvée en lisant un hebdomadaire écologique. Mais j'avais dormi si longtemps, aujourd'hui, que le moment de me préparer était déjà venu, si je voulais y être à l'heure fixée.

Je suis arrivée exactement à six heures et demie. Il faisait presque nuit déjà. Le hangar n'était pas fermé. Je suis entrée en poussant la porte, qui n'avait plus de serrure.

À l'intérieur, tout était silencieux. Sous la faible clarté qui venait des fenêtres aux vitres crasseuses, j'avais du mal à distinguer les objets qui m'entouraient, entassés de tous côtés dans un grand désordre, hors d'usage sans doute.

Quand mes yeux ont été habitués à la pénombre, j'ai enfin remarqué l'homme, en face de moi. Debout, immobile, les deux mains dans les poches de son imperméable, il me regardait sans prononcer un mot, sans esquisser à mon adresse la moindre salutation.

Résolument, je me suis avancée vers lui...

FIN

EXERCICES

A. COMPRÉHENSION GÉNÉRALE

a. Répondez aux questions suivantes sans reproduire le texte exact.

1. Qui parle, dans ces dernières pages?
2. Comment est cet aveugle qui avance? À qui ressemble-t-il?
3. Qu'est-ce qui est étrange dans la rencontre de l'aveugle et du chauffeur de taxi?
4. Quel geste terrifiant font à la fois l'aveugle, le garçonnet et le chauffeur de taxi?
5. Quels sont les sentiments de Djinn?
6. Djinn est-elle *certainement* une vraie femme? Est-elle peut-être autre chose?
7. Qui cet aveugle peut-il bien être?
8. Soudain, dans quel camp se trouvent Caroline et Marie? Celui de Djinn, ou de ceux dont elle a peur?
9. Djinn se réveille dans une pièce étrange, qui ressemble à une autre pièce que vous avez déjà vue. Laquelle?
10. Ces vêtements que Djinn trouve dans ces vieilles malles, où les avez-vous déjà vus? Qui les portait? Dans quelle scène? Et comment était l'éclairage?
11. Comment finit le roman?

B. VOCABULAIRE

a. Choisissez la phrase la plus probable:

1. Une sacoche
   - se laisse toujours à la maison.
   - se porte à la main.
   - se met sous la voiture.

2. L'accueil est la façon dont on vous traite
   - à votre arrivée.
   - à votre départ.
   - à votre insu.

3. Un complet est
   - un vêtement masculin.
   - un petit déjeuner français.
   - de la lingerie féminine.

4. Un émetteur est un appareil qui
   - fait cuire rapidement les mets.
   - enregistre les messages.
   - diffuse des informations.

5. Un chirurgien
   - s'occupe de la sidérurgie.
   - fait des opérations médicales.
   - répare les appareils électroniques.

6. Des broderies se trouvent surtout $\begin{cases} \text{en mécanique moderne.} \\ \text{en musique baroque.} \\ \text{sur des vêtements anciens.} \end{cases}$

7. Une offre d'emploi intéresse surtout $\begin{cases} \text{quelqu'un de surmené.} \\ \text{quelqu'un d'insouciant.} \\ \text{quelqu'un qui est en chômage.} \end{cases}$

Expression non-verbale de votre compréhension

b. Par un geste, un mouvement, une expression, montrez ce que veut dire pour vous:

1. Avec lenteur et précision, ils se sont tournés vers moi. / 2. J'ai eu envie de hurler, mais aucun son n'est sorti de ma bouche. / 3. Les gestes de cet aveugle étaient mécaniques et saccadés. / 4. J'ai senti mes jambes qui se dérobaient. / 5. Il était debout, immobile, les deux mains dans les poches. / 6. Résolument, je me suis avancée....

C. GRAMMAIRE: Les verbes pronominaux au passé composé.

Les verbes pronominaux forment leurs temps composés avec *être*.

Mettez ces phrases au passé.

> **Exemple**
> L'aveugle *s'avance.*
> L'aveugle *s'est avancé.*

1. Les autres ne *se retournent* pas.
2. Tous les trois *se tournent* vers Djinn.
3. L'espace entre elle et le groupe menaçant *se vide.*
4. Elle *s'évanouit.*
5. Elle *se réveille* le lendemain.
6. Elle ne *se souvient* pas de ce qui s'est passé la veille.
7. Elle *se prépare* pour aller au rendez-vous.
8. Résolument, elle *s'avance* vers l'homme...

D. EXPRESSION PERSONNELLE

Comparez le roman classique et le Nouveau Roman.

Le roman classique	Le Nouveau Roman . . . .
1. commence à un moment défini dans le temps et finit à un autre moment défini, plus tard.	1. _____ _____ _____
2. suit un développement chronologique.	2. _____
3. les personnages ont une identité, une place définie dans le monde qui les entoure.	3. _____
4. les événements sont logiquement motivés par les circonstances.	4. _____ _____
5. les actions sont motivées par le caractère des personnages.	5. _____ _____
6. tous les mystères s'expliquent à la fin, suivant la logique conventionnelle.	6. _____ _____ _____
7. il y a un dénouement, une conclusion finale de l'action.	7. _____ _____
8. le but d'un roman classique est de recréer, à l'intérieur de certaines conventions, une illusion de réalité.	8. _____ _____ _____

Suggestion pour l'examen final:

Prenez la place de Djinn. Vous arrivez à la gare du Nord. Vous rencontrez Caroline . . . Et puis?

Finissez le roman à votre propre manière, style roman classique ou style *Nouveau Roman,* à votre choix.

VOCABULAIRE

A

à at, in, of
abandonner to give up, abandon
abat-jour *m.* lamp shade
abattre (s') to fall
abeille *f.* bee
abîme *m.* abyss
abîmer to damage
abord: premier — first sight
abréger to shorten
abréviation *f.* abbreviation
abri *m.* shelter
absent *m.* person who is absent
absolu, -e absolute, complete
abstenir (s') to abstain from
abstrait, -e abstract
absurdité *f.* absurdity
accéder to have access to
accentuer (s') to increase
accepter to accept
accessoires *m. pl.* accessories
accompagner to accompany
accomplir to accomplish, to complete
accomplissement *m.* accomplishment
accord *m.* agreement
accorder to grant
accourir to hasten
accoutumer to accustom
accrocher to hang up, to hook, to catch
accroître to increase
accueil *m.* greeting, welcome
accusé, -e accused
acheter to buy
achevé, -e finished
acier *m.* steel; — inoxydable stainless
    steel
acquérir to acquire
acte *m.* act, action
acteur *m.* actor
activité *f.* activity
actrice *f.* actress
adapter (s') to adapt oneself
addition *f.* bill
adieu *m.* good-bye, farewell

admettre to admit
admirer to admire
adoptif, adoptive adopted
adossé, -e leaning against
adoucir to soften
adresse *f.* address
adresser to address
adulte *m. or f.* adult
aéroport airport
affaiblir to weaken
affaire *f.* affair
affaires *f. pl.* business; belongings
affaler (s') to slump
affiche *f.* poster
affiché, -e posted
afficher to post
affichette *f.* small poster
affirmer to affirm
affluence *f.:* heures d' — rush hours
affronter to confront
afin de in order to
agacement *m.* annoyance
agacer to annoy
âge *m.* age
âgé, -e aged
agence *f.* agency
agenouiller (s') to kneel
agent *m.* agent
agir to act
agir (s'): il s'agit de it is about
agiter to agitate, to excite
agneau *m.* lamb
aider to help
aigu, aiguë sharp
aiguille *f.* needle, hand (on a clock)
ailleurs somewhere else; d' — besides
aimable kind, amiable
aimer to like, to love
ainsi thus; — que as well as
air *m.* air, expression; avoir l'— to seem
aise *f.* ease
ajouter to add
ajusté, -e adjusted
alarmant, -e alarming
alarmer (s') to take alarm

alcool m. alcohol
alcoolique alcoholic
alcoolisé, -e alcoholized, alcoholic
alcôve f. alcove
alentours m. pl. surroundings
aligner (s') to fall into line
allée f. path
allées et venues f. pl. comings and
  goings
allégresse f. joy
Allemand, -e German
aller to go; **s'en —** to go away
allier to unite, to combine
allumette f. match
allure f. speed
allocution f. short speech
allonger to stretch out, to make longer
allumer to light
alors then
alternative f. alternative
amant, -e m. or f. lover
âme f. soul
amer, amère bitter
ami, -e m. or f. friend
amour m. love
amoureux, amoureuse in love
amoureux, amoureuse m. or f. lover
ample ample, full
amplifier to amplify
ampoule f. (light) bulb
amusé, -e amused
amuser (s') to amuse oneself, to have a
  good time
an m. year
anatomie f. anatomy
ancien, -ne old
androgyne m. androgynous, (with
  characteristics of both sexes)
ange m. angel; **— gardien** guardian
  angel
angélique angelic
anglais, -e English
angle m. angle
anglo-saxon, -ne Anglo-Saxon
angoissant, -e anguishing
angoisse f. anguish
animé, -e animated
année f. year; **les —s trente** the thirties
anniversaire m. birthday
annonce f. announcement,
  ad(vertisement)

annoncé, -e announced
annoncer to announce
annonceur announcer
anomalie f. anomaly
anonyme, -e anonymous
anormal, -e abnormal
anormalement abnormally
antérieur, -e earlier, previous
antérieurement previously
anxieux, anxieuse anxious
apercevoir to perceive, to see, to notice
aphorisme m. aphorism
aplomb m. poise
apparaître to appear
appareil m. appliance
apparemment apparently
apparence f. appearance
apparent, -e apparent
apparition f. apparition, vision
appartenir to belong
appeler to call; **s'—** to call oneself, to be
  named
applaudir to applaud
application f. application; **avec —** with
  diligence
appliquer to apply
applique f. lamp on wall, sconce
apporter to bring
appréciable appreciable, considerable
apprendre to learn, to teach
apprêter: s'— à to prepare for, to
  prepare to
approche f. approach
approcher (s') to approach
approprié, -e appropriate
approximatif, approximative approximate
appuyer to support, to lean; **s'— contre**
  to lean against
après after
après-midi m. afternoon
arbitre m.: **libre —** free will
arcade f. arch
archange m. archangel
arête f. edge, ridge
argent m. money; silver
argenté, -e silvery, in silver
arme f. weapon
armé, -e armed
armée f. army
armure f. armour
arrêter to stop

arrière back; — **grand-père** *m.* great grandfather
arrivée *f.* arrival
arrondissement *m.* district
articulations *f. pl.* joints
articulé, -e jointed, hinged
artificialité *f.* artificiality
artisan *m.* artisan, craftsman
Asie *f.* Asia
asile *m.* asylum, shelter, refuge
aspect *m.* aspect
aspirateur *m.* vacuum cleaner
aspirine *f.* aspirin
assaillir to attack
assassiné, -e murdered
asseoir (s') to sit down
assez rather, enough
assiette *f.* plate
assis, -e seated
assommé, -e knocked out
assorti, -e assorted, matched
assurance *f.* assurance
atelier *m.* workshop, studio
atomique atomic
atomisation *f.* atomization
attendre to wait for, to expect
attente *f.* wait, expectation
attentif, attentive attentive
attention *f.* attention; **faire** — to be careful
attiré, -e drawn, attracted
attirer to attract
attrait *m.* attraction
aucun, -e anyone, any
aucun, -e: ne . . . . — no, not any, none at all
au-dessus above
auditeur, auditrice *m. or f.* listener
aujourd'hui today
auparavant before, previously
aussi also, so
aussitôt immediately, no sooner
autant as much, as many
auteur *m.* author
autobus *m.* bus
automobile *f.* automobile
automobiliste *m. or f.* motorist
autonome autonomous
autorisation *f.* authorization
autoriser to authorize
autoritarisme *m.* authoritarianism

autorité *f.* authority
autour around
autre other
autrefois formerly, in the past
autrement otherwise
avance: en — early
avancer to advance, to put forward
avant before; **en** — in front
avantage *m.* advantage   .
avec with
avenir *m.* future
avenue *f.* avenue
avertir to warn
aveugle blind
aveugle *m. or f.* blind person
aveugler to blind
aventure *f.* adventure
avion *m.* airplane
avis *m.* opinion
aviser to perceive, to spot
avoir to have
avouable acknowledgeable
avouer to admit
ayant having

B

bactérie *f.* bacteria
bagage *m.* baggage
bague *f.* ring
bain *m.* bath
baisser to lower; **se** — to stoop down
bal *m.* ball
balayer to sweep
balle *f.* bullet
banal, -e common
bandage *m.* bandage, band
bande *f.*: — **magnétique** recording tape
bander to bind; — **les yeux** to blindfold
banlieue *f.* outskirts
banquette *f.* car seat
bar *m.* bar
baroque baroque
barrer to cross
barre *f.* bar
bas *m.* bottom
bas, -se low
basculer to rock
bassin *m.* basin
bateau *m.* boat

bâtiment *m.* building
bâtisse *f.* structure, building
battant *m.* the swinging part of the door
battement *m.* beating, pulse
bavard, -e talkative
béant, -e yawning, gaping
beau, belle beautiful
beaucoup many, much, a lot
bébé *m.* baby
bénir to bless
besoin *m.* need; **avoir —** to need
besogne *f.* work
bête stupid
bêtement stupidly
bêtise *f.* stupidity, nonsense
biais: en — on the slant
bien well, really; **— entendu** of course; **— que** although; **Eh —!** Well!; **ou —** or else
bientôt soon
bienveillance *f.* kindness
bienvenu *m.* welcome
bière *f.* beer
bifurcation *f.* fork (in road)
bise *f.* a cold wind; (*fam.*) a kiss
bistrot *m.* pub, bar, café
bizarre bizarre, strange
bizarrement strangely
blafard, -e pale
blanc, blanche white
blessé *m.* a wounded person
blessé, -e hurt, wounded
blessure *f.* wound
bleu, -e blue
bleuâtre bluish
blouse *f.* smock
blouson *m.* windbreaker
Bohémien(s) *m.* Gypsies
boire to drink
bois *m.* wood
boisson *f.* drink
boîte *f.* box
bombe *f.* bomb
bon, -ne good
bonbons *m. pl.* candy
bond *m.*: **faire faux —** to stand up
bondir to bound, to jump
bonheur *m.* happiness; **par —** luckily
bonjour *m.* good day, hello
bord *m.* rim, edge
Bostonien, -ne Bostonian

bouche *f.* mouth
bouchée *f.* mouthful
boue *f.* mud
bouffant, -e full
bouger to move
bougie *f.* candle
bouillir to boil
boulevard *m.* boulevard
bourse *f.* scholarship
bousculer to jostle
bout *m.* end; **au — des doigts** at the tip of the fingers
bouteille *f.* bottle
boutique *f.* shop, boutique
bouton *m.* button
boutonné, -e buttoned
branche *f.* branch; **— d'activité** field of activity
branchette *f.* sprig, bough
brandir to brandish, to move
braquer (un revolver) to aim, to point (a gun)
bras *m.* arm
brassée *f.* armful
bravade *f.* defiance
brèche *f.* gap, hole
bref, brève short
brièvement briefly
brièveté *f.* shortness
brillamment brilliantly
briller to shine
brique *f.* brick
brise *f.* breeze
briser to break
broderie *f.* embroidery work
bronze *m.* bronze
bronzé, -e tan
bronche(s) *f.* bronchia
brouiller to confuse, to scramble
bruit *m.* noise
brûler to burn
brun, -e brown, dark
brunâtre brownish
brusque quick, sudden
brusquement suddenly
brut, -e raw, rough
brutal, -e brutal
buis *m.* box-tree, boxwood; **un rameau de buis bénit,** a sprig of boxwood consecrated on Palm Sunday
bureau *m.* office

burette *f.* oil can
buste *m.* bust
but *m.* goal; **dans le — de** in order to

C

ça that
cabalistique cabalistic
cachemire *m.* cashmere
cacher to hide
cachet *m.* tablet, pill
cachette *f.* hiding place; **en —** secretly
cadavre *m.* corpse
cadeau *m.* gift
cadre *m.* frame
café *m.* coffee, coffeehouse
café-brasserie *m.* bar which makes beer
  a speciality
café-crème *m.* coffee with cream
caisse *f.* box, carton
calcul *m.* calculation
calculé, -e calculated
calendrier *m.* calendar
calibre *m.* caliber
calme calm
calmement calmly
camelot *m.* street vendor
camp *m.* side, faction
camping *m.* camping
candélabre *m.* candelabrum
canne *f.* cane
cantine *f.* cantine
caoutchouc *m.* rubber
caoutchouté, -e rubberized
capacité *f.* capability
capturer to capture
car for, because
caractère *m.* character, letter
caractériser to characterize
carafe *f.* pitcher
carcasse *f.* carcass
carreau *m.* pane
carte *f.* card
cartésien, -ne Cartesian
carton *m.* cardboard box
carton pâte *m.* pasteboard
cas *m.* case; **en tout —** in any case, at
  any rate, anyway
case *f.* compartment
casquette *f.* cap
casser to break

catastrophe *f.* catastrophe
catégorique categorical
cauchemar *m.* nightmare
causal, -e causal
causalité *f.* causality
cause *f.* cause; **à — de** because of
causer to cause
cécité *f.* blindness
ceinture *f.* belt
cela that
célèbre famous
célibataire *m. or f.* bachelor, single
  person
cellule *f.* cell
cendre *f.* ash
censément supposedly
cent hundred
central, -e central
cependant yet, however
cérémonie *f.* ceremony
cérémonieux, cérémonieuse
  ceremonious
certain, -e sure, certain
certainement certainly
certes most certainly
certitude *f.* certitude, certainty
cerveau *m.* brain
cesse: sans — without cease, constantly
cesser to stop, to cease
chacun, -e each one
chair *f.* flesh
chaise *f.* chair
chambre *f.* room
champ *m.* field
chance *f.* chance, luck; **par —** luckily
chandail *m.* sweater
chandelier *m.* candle holder
changement *m.* change
chantant, -e singing
chanter to sing
chapeau *m.* hat
chapitre *m.* chapter
chaque each
chargé, -e loaded, laden
charitable charitable
charité *f.* charity
charmant, -e charming
charme *m.* charm
charmé, -e charmed
charmeux, charmeuse charming,
  enchanting

chassé, -e chased
chaud, -e warm, hot
chauffeur *m.* driver, chauffeur
chaussée *f.* street
chausses *f. pl.* breeches
chaussons *m.* slippers
chaussure *f.* shoe
chef *m.* boss
chemin *m.* path, way; — **de fer** railway
chemise *f.* shirt
cher, chère expensive, dear
chéri *m.* dear
chevalier *m.* knight
chevet *m.:* — **de lit** head of the bed
cheveux *m. pl.* hair
cheville *f.* ankle
chez at the home of, at the place of
chic chic, stylish
chiffon *m.* rag
chiffre *m.* figure, number
chien *m.* dog
chimérique visionary
chirurgien *m.* surgeon
choc *m.* shock
choir: laisser — to let drop
choisir to choose
choix *m.* choice
chômage *m.* unemployment
choquer to shock
chose *f.* thing
chronologie *f.* chronology
chronologique chronological
chute *f.* fall
ciel *m.* sky
cierge *f.* church candle
ciment *m.* cement
cinéma *m.* cinema
cinématographique cinematographic
cinq five
cinquante fifty
circonflexe circumflex (accent)
circonstance *f.* circumstance
circulation *f.* traffic
circuler to circulate
cire *f.* wax
cirque *m.* circus
citation *f.* quotation
clair, -e clear, light, limpid
clandestin, -e secret, clandestine

claquer to bang
clarté *f.* light, clarity
classe *f.* class
classique classic, classical
clé *f.* key
cliché *m.* photo
client, -e client, customer
clignotement *m.* blinking
clochard *m.* tramp
cloche-pied: sautillant à — skipping on one foot
cloisonnement *m.* partitioning
clos, -e closed
coagulé, -e coagulated, hardened
cocasse funny, weird
codé, -e coded
coeur *m.* heart
cogner to knock, to bump
cohérence *f.* coherence
coiffure *f.* hair style
coin *m.* corner
col *m.* collar
colère *f.* anger
collant, -e sticky
collectif, collective collective
coller to stick
colonial, -e colonial
colorer to color
coloris *m.* coloring
combien how, how much
comédie *f.* comedy
comique funny, comical
commande *f.* order
commander to order
comme as, like
commencer to begin
commencement *m.* beginning
comment how
commentaire *m.* commentary, remark
commode convenient; **peu** — inconvenient
commodément conveniently
commodité *f.* convenience
communiquer to communicate
communiste communist(ic)
commutateur *m.* switch
compagnon *m.* companion
compassion *f.* compassion, pity
compenser to compensate

compétence *f.* competence
complaire to please, to humor; **se — à** to take pleasure in
complaisance *f.* kindness
complet *m.* suit
compléter to complete
complice *m.* accomplice
compliment *m.* compliment
compliqué, -e complicated
compliquer to complicate
comportement *m.* behavior
comporter to call for, to require, to include
compréhensible understandable
compréhension *f.* comprehension
comprendre to understand
compte *m.* account
comptoir *m.* counter
concentration *f.* concentration
concentrer to concentrate
concernant concerning
concevoir to conceive
conclure to conclude
condescendance *f.* condescension
conditionnel, -le conditional
conduire (se) to conduct oneself, to act
conduire to lead
conférencier, conférencière lecturer
conférer to confer
confiance *f.* confidence, trust
confidence *f.* confidence, secret
confirmer to confirm
confortable comfortable
confrère *m.* colleague
confus, -e confused
conjoint, -e *m. or f.* spouse
conjonction *f.* conjunction
conjugaison *f.* conjugation
conjuguer to conjugate
connaissance *f.* knowledge; acquaintance; consciousness; **faire —** to meet
connaître to know
connivence *f.* connivance, complicity
connu, -e known
conscience *f.* conscience; **prendre —** to become aware of
conscient, -e conscious
conseil *m.* advice

consentir to consent
conserver to keep, to conserve
consigne *f.* order
consistance *f.* consistency
consommateur *m.* consumer; client in a café
consommation *f.* drink
conspirateur *m.* conspirator
constamment constantly
constant, -e constant
constater to note
constituer to constitute
consulter to consult
contact *m.* contact
contagieux, contagieuse contagious
conte *m.* tale
contempler to contemplate
contemporain, -e contemporary
contenir to contain
contenter (se) to be content, satisfied
contenu *m.* contents
continuellement continuously
continuer to continue
contour *m.* contour, outline
contraction *f.* contraction
contradictoire contradictory
contraindre to restrain
contraire contrary, opposite; **au —** on the contrary
contraste *m.* contrast
contre against; **à — sens** the wrong way
contrôle *m.* control
contrôler to inspect
contusion *f.* contusion
convaincre to convince
convenir to suit, to fit; to agree
conventionnel, -le conventional
convoquer to convoke
copain, copine friend, pal
copie *f.* copy; **— conforme** certified copy
corde *f.* cord, string
corps *m.* body
correctement correctly
corriger to correct
corsage *m.* bust, bodice
corset *m.* corset
costume *m.* costume, suit
côte *m.:* **côte à côte** side by side
côté *m.* side; **à — de** next to

cou *m.* neck
couche *f.* layer
coucher to lie, to sleep
coudre to sew
couleur *f.* color
coulisses *f. pl.* wings, (theater)
couloir *m.* hall, corridor
coup *m.* blow; **d'un seul —** in a single movement; **tout à —** suddenly
couple *m.* couple
cour *f.* court, courtyard
courage *m.* courage
courbatu, -e tired out
courbe *f.* curve
courir to run
couronner to crown
courrier *m.* mail
cours *m.* class
course *f.* race; course; run; **cinq ou six pas de —** five or six running steps
court, -e short
court-circuit *m.* short circuit
couteau *m.* knife
coutume *f.* custom
coutumier customary
couverture *f.* blanket
craindre to fear
crânien, -ne cranial
craquement *m.* cracking
craquer to crack; **— une allumette** to strike a match
crasseux, crasseuse dirt encrusted
cravate *f.* tie
crayon *m.* pencil
crédit *m.* credit
crédulité *f.* credulousness
créer to create
crème *f.* cream
creux, creuse hollow
creux *m.* hollow
crier to scream
criminel *m.* criminal
crispation *f.* puckering, tensing
croire to believe
Croisade *f.* Crusade
croisement *m.* crossroad
croiser to cross, to intersect
croix *f.* cross
croque-monsieur *m.* grilled ham and cheese sandwich

croulant, -e ramshackle
cru, -e raw; garish
cruellement cruelly
cuir *m.* leather
cuirassé, -e armored
cuisine *f.* kitchen; cooking
cuivre *m.* copper, brass
curieusement curiously
curieux, curieuse curious, strange
curiosité *f.* curiosity
cuve *f.* cistern, tank
cuvette *f.* basin

D

dallage *m.* pavement, tile
dame *f.* lady
danger *m.* danger
dangereusement dangerously
dangereux, dangereuse dangerous
dans in
dansant, -e dancing
danser to dance
date *f.* date
davantage more, further
de from
débarrasser to clear; **se — de** to get rid of
débarquer to disembark, to set down
débattre to debate
déboucher to emerge
debout upright, standing; **se mettre —** to stand up
débris *m.* debris
début *m.* beginning
décevoir to disappoint
déchiffrement *m.* deciphering
déchiffrer to decipher
déchirure *f.* tear, rip
décidé, -e decided
décider to decide
décor *m.* setting, arrangement
découvrir to discover
décrire to describe
dédicace *f.* dedication
dédoubler to divide in two
défaut *m.* fault
défavorable unfavorable
défensif, défensive defensive

défi *m.* challenge, defiance
défiler to parade
défini, -e defined
définir to define
définitif, définitive definitive
défoncé, -e battered, broken
déformé, -e out of shape
défraîchi, -e faded
dégager (se) to get free
degré *m.* degree
déguisement *m.* disguise
déguiser to disguise
dehors outside
déjà already, yet
déjeuner *m.* lunch, noon meal; **petit —** breakfast
délabré, -e tumbledown
délaissé, -e forsaken
délavé, -e washed out
délicat, -e delicate
délicatement delicately
délicatesse *f.* delicacy
délicieux, délicieuse delicious
délimiter to delimit, to define
déloyal, -e disloyal, unfaithful
déluré, -e sharp
demain tomorrow
demander to ask, to request
démarrer to start (a car)
démesuré, -e beyond measure
demeurer to remain, to stay
demi *m.* glass of beer
demi, -e half; **— obscurité** half light
demie *f.* half
démodé, -e out of fashion
demoiselle *f.* young lady
démonter: sans se — without losing one's nerve
dénivellation *f.* unevenness
dénouement *m.* ending
dépareillé, -e unmatched, unpaired
départ *m.* departure
dépêcher (se) to hasten, to hurry up
dépit *m.:* **en — de** in spite of
déplacer (se) to change one's place, position; to move
déplaisant, -e disagreeable
déplier to unfold
déplorer to deplore, to regret
déposer to deposit, to set down

dépourvu, -e destitute
depuis since
dérailler to derail
déranger to disturb
dérégler to upset, to disarrange
dérisoire ridiculous
dernier, dernière last
dérober (se) to give way
dérouler (se) to unfold, to develop
derrière behind
dès as soon as, upon
désaffecté, -e out of use
désagréable unpleasant
désavantage *m.* disadvantage
descendre to descend, to go down
descente *f.* descent
désemparé, -e in distress
désert, -e deserted
désespéré, -e desperate
désespoir *m.* despair
désigner to designate
désinvolte casual
désinvolture *f.* casualness
désir *m.* desire
désirer to desire
désobéir to disobey
désolé, -e desolate; sorry
désordre *m.* disorder
désormais henceforth, from now on
desséché, -e dried out
dessin *m.* design
dessous under
dessus above
destinataire *m.* addressee
désuet, -e outdated
détacher to detach
détendre to relax
détendu, -e relaxed
détester to hate, to detest
détourner (se) to turn aside
détraqué, -e off the track, deranged
détruire to destroy
deux two
deuxième second
devant in front of
devenir to become
dévier to deviate
deviner to guess
dévisager to stare at
dévoiler to unveil

devoir must, should, ought to
devoir *m.* homework
dévorer to devour
diabolique diabolical
diaphane translucent
Dieu *m.* God
difficulté *f.* difficulty
diffuser to diffuse, to broadcast
dîner *m.* dinner
dîner to dine
dire to say, to tell
directeur *m.* director
diriger to direct; **se —** to head for
discernable discernable, visible
discerner to discern
discours *m.* speech
discret, discrète discreet
discrètement discreetly
discuter to discuss
disjoindre to disconnect, to sever
disparaître to disappear
disparate ill-matched
dispenser to give out
disponible available
disposer to arrange
dispositif *m.* apparatus
disposition *f.* arrangement
disque *m.* record
dissimulé, -e hidden
dissimuler to hide, to cover up
dissiper to disperse, to dispel
dissymétrique assymetrical
distinctif, distinctive distinctive
distinguer to distinguish
dit, -e called
divers varied
dix ten
dix-septième seventeenth
dizaine about ten
docteur *m.* doctor
doigt *m.* finger
domicile *m.* residence
donateur *m.* donor
donc therefore, then
donner to give
doré, -e gilded
dorénavant henceforth, from this time on
dormir to sleep
dos *m.* back
douceur *f.* softness

douleur *f.* pain
douloureux, douloureuse painful
doute *m.* doubt
douter to doubt
douteux, douteuse doubtful, uncertain
doux, douce sweet, soft
douzaine *f.* dozen
douze twelve
drame *m.* drama
drap *m.* sheet
dresser (se) to stand up, to straighten up
drogue *f.* drug
droit *m.* right; **tout —** straight ahead
droite *f.* right hand, right
drôle funny, amusing, strange
dur, -e hard
durant during
durée *f.* duration
durer to last

E

eau *f.* water
ébène *f.* ebony
éberlué, -e dazed
ébloui, -e dazzled
ébranler to shake
écaille *f.* tortoise shell
écart: à l' — aside, apart
écarter to separate, to move aside
échange *f.* exchange
échapper to escape
écho *m.* echo
éclair *m.* flash; **fermeture —** zipper
éclairage *m.* lighting
éclaircir (s') to become clear
éclairé -e lighted
éclat *m.* brightness, luster
éclater to burst, to explode
école *f.* school
écologique ecological
écologiste *m. or f.* ecologist
économie *f.* economy, saving
écouler (s') to run out, to flow by
écouter to listen
écran *m.* screen
écrire to write
écriteau *m.* placard, notice
écriture *f.* handwriting

écrouler (s') to collapse
écuyer, écuyère *m. or f.* circus rider
éduquer to educate
effacer (s') to fade, to grow dim
effectivement actually, in reality
effectuer to carry out
effet *m.* effect
efficacité *f.* effectiveness
effort *m.* effort
effrayant, -e terrifying
égal, -e equal
également also
égarer to mislead
élan *m.* impetus, momentum
élargir to widen
élastique elastic
électrique electric
électronique *f.* electronic
élégant, -e elegant
élément *m.* element
élève *m.* pupil, student
élevé, -e raised; **bien —** well brought up
élever (s') to rise
elfe *m.* elf
éloigner (s') to move away
embarquer (s') to set sail
embarrasser to embarrass, to trouble
embrasure *f.* window recess
émetteur *m.* transmitter
émettre to broadcast, to emit
émousser to dull, to blunt
émouvoir to move, to rouse
emparer (s') to take hold of, to seize
empêcher to stop, to prevent
emphase *f.* emphasis, stress
empilement *m.* stack, pile
emplacement *m.* location
emplir to fill
emploi, ** *m.* job, position; **— du temps schedule
employé *m.* employee
employer to employ, to use
employeur *m.* employer
empoisonné, -e poisoned
emporter to take or carry away
en in
encadré, -e framed
encadrement *m.* framework
enchaînement *m.* series, logical sequence

enchantement *m.* enchantment
encoignure *f.* corner
encombrer to encumber
encore still, again
encre *f.* ink
endormir to put to sleep; **s' —** to go to sleep
endroit *m.* place
énergique energetic
enfance *f.* childhood
enfant *m.* child
enfantin, -e childish
enfin at last, finally, lastly
enfreindre to break, to violate
enfuir (s') to run away
engager to engage, to hire
engainant, -e close fitting
engendrer to engender
engourdissement *m.* torpor
énigme *f.* enigma
enjambée *f.* stride
enlacer to embrace, to clasp in one's arms
enlèvement *m.* kidnapping
enlever to remove; to kidnap
ennemi *m.* enemy
énoncer to articulate
énorme enormous
énormément enormously
enrager to madden
enregistrement *m.* recording
enregistrer to record
enrôler to enroll
ensemble together, whole
ensuite next, then
entamer to begin, to enter into
entasser to pile up
entendre to hear, to understand
enthousiasme *m.* enthusiasm
entier, entière while
entièrement wholly, entirely
entourer to surround
entrain, ** *m.:* **plein d' — full of life
entraîner to drag along; to bring about; to train
entre between
entrebaîllé, -e ajar
entrebaîllement *m.* opening (of door)
entrecroiser to intersect
entrée *f.* entrance

entrouvert, -e half open, ajar
entreprendre to undertake
entreprise *f.* company, organization
entretenir to maintain, to keep up
entrer to enter
entrevoir to catch a glimpse, to foresee
entrevue *f.* interview
envahir to invade
enveloppe *f.* envelope
enveloppé, -e enveloped
envie, *f.* desire; **avoir —** to feel like
environ about
épais, -se thick
épargner to save, to spare
épaule *f.* shoulder
épileptique epileptic
épreuve *f.* test
éprouver to feel, to experience, to
  undergo
époux *m.* spouse
épuisement *m.* exhaustion
équilibre *m.* balance
équipage *m.* crew
érotique erotic
errer to wander
erreur *f.* error
escale *f.* call, stop (at port)
escalier *m.* stairway
esclave *m.* slave
espace *m.* space
espagnol, -e Spanish; **à l' —** Spanish
  style
espérer to hope
espion, -ne *m. or f.* spy
espoir *m.* hope
esprit *m.* mind, spirit
esquisser to sketch
essayer to try
essuyer to wipe
estimer to estimate, to esteem
estomper to blur, to dim
estrade *f.* platform
établir to establish
établissement *m.* establishment
étage *m.* floor
étaler to spread out; **s' —** to stretch
  oneself out
étant being
état *m.* state
été *m.* summer
éteindre to extinguish

étendu, -e outspread, stretched out
étincelant sparkling
étoffe *f.* material, fabric
étoile *f.* star
étonnant, -e surprising, astonishing
étonné, -e astonished, shocked
étonnement *m.* astonishment-
étonner to astonish, to surprise
étourdi, -e scatterbrained, stunned
étourdi *m.* a scatterbrained person
étrange strange
étrangement strangely
étranger, étrangère stranger, foreigner
étrangeté *f.* strangeness
être to be
être *m.* being
étroit, -e narrow
étude *f.* study
étudiant, -e *m. or f.* student
étudier to study
euphorique euphoric, on a high
évanouir (s') to vanish, to disappear; to
  faint
évanouissement *m.* fainting
évasé, -e flared
éveiller to awaken, to arouse
événement *m.* event
éventualité *f.* eventuality
éventuel, -le possible
évidemment of course, naturally
évident, -e evident
éviter to avoid
évoquer to evoke
exact, -e exact
exactement exactly
exagérément exaggeratedly
examen *m.* examination
examiner to examine, to test
exaspéré, -e exasperated
exceptionnel, -le exceptional
exceptionnellement exceptionally
excès *m.* excess
excessif, excessive excessive
excitant, -e exciting
excuser to excuse; **s'—** to excuse
  oneself
exécuter to execute, to carry out
exercer to exert
exigeant, -e demanding
exiger to exact, to demand
exister to exist

exotique exotic
explication *f.* explanation
explicite explicit
expliquer to explain
exploiter to use, to exploit
exposé *m.* report, account
exposer to expose
exprès on purpose
expresso *m.* Italian coffee
exprimer to express; **s'—** to express oneself
extérieur, -e exterior
extraire (s') to get out
extraordinaire extraordinary
extrême extreme; **— -onction** *f.* last rites
extrémité *f.* end, extremity

F

fable *f.* story, fable
façade *f.* facade
face *f.* front; **en — de** in front of
fâcheux, fâcheuse troublesome
facile easy
façon *f.* way, manner; **de toute —** at any rate
fade dull, tasteless
faible weak
faillir to narrowly miss
faim *f.* hunger
fait *m.* fact
fallacieusement fallaciously
familial, -e family
familier, familière familiar
famille *f.* family
fané, -e faded
fantaisie *f.* fancy, whim
fantasme *m.* hallucination
fantastique fantastic
fantomatique ghostly
fantôme phantom, ghost
farce *f.* joke, prank, trick
fardeau *m.* burden, load
fasciner to fascinate
fasciste fascist
fatigant, -e tiring
fatiguer to tire
faut: il — one must
fautif, fautive faulty, incorrect
faux, fausse fake

favori, -te favorite
fée *f.* fairy
feindre to pretend
femme *f.* woman, wife
fenêtre *f.* window
fendre (se) to split
fente *f.* crack
fer *m.* iron
fermé, -e closed
fermer to close
fermeté *f.* firmness
fermeture *f.* closing
ferraille *f.* scrap iron
ferré, -e iron tipped
feu *m.* fire, light
feu follet *m.* will-o'-the-wisp
feuille *f.* leaf
feutre *m.* felt
fiancé *m.* fiancé
fidèlement faithfully
fidélité *f.* faithfulness
fierté *f.* pride
fiévreux, fiévreuse feverish
figé, -e set, rigid
figure *f.* figure, face
figuré, -e figurative
figurer to figure
fil *m.* thread, wire
filature *f.* shadowing (by detective)
fille *f.* girl, daughter
fillette *f.* little girl
film *m.* film
fils *m.* son
fin, -e thin
fin *f.* end
final, -e final
fini, -e finished
finir to finish
fixé, -e fixed, set
fixer to stare at
fixité *f.* fixedness, steadiness
flambeau *m.* candlestick
flamme *f.* flame
flaque *f.* puddle, pool
flèche *f.* arrow
fleur *f.* flower
flottant, -e flowing
fois *f.* time, occasion
folie *f.* folly
foncé, -e dark (color)
fonction *f.* function

fonctionner to function
fond *m.* bottom, back
fondateur *m.* founder
fondre to melt
force *f.* force
forcé, -e forced, compulsory
forcément necessarily
forme *f.* shape
formé, -e formed
formellement formally
former to form, to create
formule *f.* formula
formuler to formulate
fort, -e strong; — **calibre** high caliber
fort strongly
fortuitement fortuitously
fou, folle crazy, mad
fouillis *m.* jumble
foule *f.* crowd
fourchette *f.* fork
fournir to furnish
fourré, -e stuffed
français, -e French
Français *m.* Frenchman
franchement frankly, really
franchir to cross
frappé, -e struck
fraternel, -le fraternal, brotherly
frêle frail
fréquent, -e frequent
frère *m.* brother
frivolité *f.* frivolity
froid, -e cold
froissé, -e wrinkled, rumpled
froissement *m.* rumpling, crumpling
fronces *f. pl.* gathers
front *m.* forehead
frotter (se) to rub against
fugitif *m.* fugitive
fuire to run away from
fumée *f.* smoke
funèbre funeral
furieux, furieuse furious
furtif, furtive furtive
futur *m.* future

G

gagner to earn; to win; to reach
gai, -e gay, merry

gaieté *f.* gaiety
galant, -e gallant
galanterie *f.* politeness
galon *m.* stripe (military)
gamin *m.* young boy
garçon *m.* boy, waiter
garçonnet *m.* little boy
garder to keep, to retain
gardé, -e guarded
gare *f.* train station
gâteau *m.* cake
gauche left
gaucher, gauchère left-handed
gaucher, gauchère left-handed person
gaulois, -e Gallic
gaze *f.* gauze
géant, -e giant
gêne *f.* embarrassment
gêner to embarrass; to inconvenience, to impede, to hinder; **se** — to be embarrassed
général, -e general
genou *m.* knee
genre *m.* kind
gens *m. pl.* people
gentil, -le nice, kind
gentillesse *f.* kindness
gentiment kindly
geste *m.* gesture, movement
gilet *m.* vest
gisant *m.* reclining statue on a tombstone
glace *f.* mirror
glacé, -e icy
glissement *m.* sliding, slip
glisser to slide, to slip
gloire *f.* glory
gorgée *f.* mouthful, gulp
gosse *m.* kid
goût *m.* taste
goutte *f.* drop
grâce *f.* grace, thanks
gracieux, gracieuse gracious
grade *m.* rank, grade
graffiti *m.* graffiti
grammaire *f.* grammar
grammatical, -e grammatical
grand, -e tall, large, great
grandir to grow larger, taller

grand-mère *f.* grandmother
grands-parents *m. pl.* grandparents
grand-père *m.* grandfather
granit *m.* granite
graphologie *f.* graphology
gratter (se) to scratch oneself
grave grave, deep, serious
gravier *m.* gravel
gravir to climb
gré: au — de at the will of, at the mercy
   of
grenier *m.* attic
grimace *f.* grimace
grincement *m.* creaking
grincer to creak
gris, -e grey
gronder to scold
gros, -se big
grossier, grossière rough, coarse, vulgar
grouillant, -e teeming, swarming
groupe *m.* group
guère: ne — not much, not many;
   scarcely
guerre *f.* war
guetter to lie in wait for
guide *m.* guide
guidé, -e guided
guider to guide
guindé, -e stiff, stilted
guise *f.* manner; **en — de** by way of
guitare *f.* guitar

H

habiller to dress: **s'—** to get dressed
habitant *m.* inhabitant, resident
habiter to inhabit, to live in
habitude *f.* habit; **d'—** usually
habitué, -e regular customer
habitué, -e accustomed
habituel, -le usual
habituer (s') to grow accustomed
hallucinant, -e hallucinating
hangar *m.* hangar
hanté, -e haunted
harangue *f.* harangue
hardiment boldly
hasard *m.* accident; chance, luck; **à tout
   —** on the off chance

hasarder to venture
hâte *f.* haste
hâter to hasten, to hurry
hâtif, hâtive hasty
haubert *m.* coat of mail
haussement shrugging
hausser to shrug
haut, -e high; loud; **— parleur** loud-
   speaker; **en —** at the top
hélas alas
herbe *f.* weed; grass
héroïne *f.* heroine
héros *m.* hero
hésiter to hesitate
heure *f.* hour, time; **— de pointe** peak
   hour, rush hour
heureusement happily
heureux, heureuse happy
hiberner to hibernate
hier *m.* yesterday
histoire *f.* history, story
historique historic
hiver *m.* winter
hommages *m. pl.* respects, compliments
homme *m.* man
honnêteté *f.* honesty
horaire *m.* time schedule
hormis except
horreur *f.* horror
horrible horrible
hors out of, outside
hôtel *m.* hotel
hôtesse *f.* hostess
huiler to oil
huit eight
humain, -e human
humanitaire *m.* humanitarian
humeur *f.* humor; mood
humide moist, damp
hurler to yell
hygiène *f.* hygiene
hypnotiser to hypnotize
hypothèse *f.* hypothesis
hypothétique hypothetical

I

ici here
idée *f.* idea

identifier to identify
identique identical
identité *f.* identity
idéologie *f.* ideology
idiomatique idiomatic
idiot, -e *m. or f.* idiot
ignorer not to know
illogique illogical
illuminé, -e enlightened
illusion *f.* illusion
image *f.* image
imaginaire imaginary
imiter to imitate
immatériel, -le immaterial
immédiat, -e immediate
immense immense, huge
immobile motionless; immovable
immobilisé, -e immobilized
immobilité *f.* immobility
imparfait, -e imperfect
impatienter (s') to lose patience
imperceptible imperceptible
imperceptiblement imperceptibly
imperméable *f.* raincoat
impersonnel, -le impersonal
impertinence *f.* impertinence
impliquer to implicate
important, -e important, considerable
importer to be of importance
importun, -e bothersome, annoying
imposer (s') to assert onself, to compel
 recognition
impossibilité *f.* impossibility
imprécisable indefinable
impressionner to make an impression
improbable unlikely
improvisé, -e extemporaneous,
 impromptu
improviste *m.:* à l' — unexpectedly
inanimé, -e inanimate
inaperçu, -e unseen, unnoticed
incertitude *f.* uncertainty, incertitude
incident *m.* incident
inciter to incite
incomber to be incumbent on, to fall on
incompréhensible incomprehensible
inconfortable uncomfortable
inconnu, -e unknown
inconnu *m.* unknown person
inconsciemment unconsciously

incontestable incontestable, unquestionable
indécent, -e indecent
indéfinissable indefinable
indépendance *f.* independence
indicatif, indicative indicative
indice *m.* indication
indiquer to indicate
indiscret, indiscrète indiscreet
indispensable *m.* that which is
 indispensable
indocile disobedient
industriel, -le industrial
inégal, -e unequal
inerte inert
inexorable unrelenting
inexplicable inexplainable
inexplicablement inexplainably
inexpliqué, -e unexplained
inexpressif, inexpressive expressionless
infanterie *f.* infantry
infidèle *m.* unbeliever
infirme *m.* invalid
infirme disabled
infixe infix
infléchir to bend, to inflect
inflexion *f.* inflection, modulation
informatique *f.* data processing
informe formless
ingénier (s') to exercise one's wits, to
 use one's ingenuity
ingrat, -e unpleasing
inhumain, -e inhuman
inimitable inimitable, matchless
initiatique initiating
initiative *f.* initiative
inopiné, -e sudden, unexpected
inoxydable stainless, rustproof
inquiet, inquiète worried
inquiétant, -e disturbing
inquiéter to make anxious; s'— to worry
inquiétude *f.* anxiety
insaisissable elusive
inscrire to inscribe, to write down
insecte *m.* insect
insensé, -e senseless
insensibilité *f.* insensibility
insister to insist
insolent, -e insolent
insolite unusual
insouciant, -e free from care

inspecter to inspect
inspecteur, inspectrice inspector
inspirer to inspire
installer (s') to settle
instant *m.* instant
instantané, -e instantaneous
instinctif, instinctive instinctive
instinctivement instinctively
institutrice *f.* schoolteacher
insu *m.:* **à mon** — without my
  knowledge
insurmontable insurmountable
intact, -e intact
intellectuel, -le intellectual
intelligemment intelligently
intelligence *f.* intelligence
intense intense
intention *f.* intention
interdisant, -e forbidding, prohibiting
intéressé, -e interested
intérêt *m.* interest
intérieur, -e interior
intérieurement internally, within
interlocuteur *m.* interlocutor
interlocutrice *f.* interlocutress
interpeller to question, challenge
interpréter to interpret
interroger to examine, to interrogate
interrompre to interrupt
interstice *m.* interstice, chink
intervalle *m.* interval
intervenir to intervene
intimidant, -e intimidating
intimité *f.* intimacy
intitulé, -e entitled
intriguer to intrigue
introduire to introduce: **s'**— to introduce
  oneself
inutile useless
inutilement uselessly
invalide *m.* invalid
inventer to invent
inverser to inverse
invisible invisible
ironie *f.* irony
ironiquement ironically
irrégulier, irrégulière irregular
irrésistiblement irresistibly
irresponsable irresponsible
irréversible irreversible

irruption *f.:* **faire** — to burst in
isolé, -e isolated
issue *f.* exit, outlet

J

jaillir to spring out
jalousie *f.* jealousy
jambe *f.* leg
jamais never
jardin *m.* garden
jaunâtre yellowish
jaune yellow
jaunir to yellow
jeter to throw; — **un coup d'oeil** to cast
  a glance
jeu *m.* game
jeune young
joie *f.* joy
joindre to join
joli, -e pretty, good-looking
joncher to litter, to strew
joue *f.* cheek
jouer to play; **se** — **de** to make fun of
jour *m.* day
journal *m.* newspaper
journée *f.* day(time)
joyeusement joyously
joyeux, joyeuse joyful
jugement *m.* judgment
juger to judge
jumeau, jumelle *m. or f.* twin
jupe *f.* skirt
jupon *m.* slip, petticoat
jurer to swear
jusque to, until
juste just, correct, exactly
justement exactly
justifier to justify

K

kilomètre *m.* kilometer (⅝ of a mile)

L

là there

labyrinthe *m.* labyrinth
lâcher to release
laid, -e ugly
laisser to let, to leave
lambris *m.* panelling
lame *f.* blade
lampadaire *m.* street lamp
lampe *f.* lamp
lancée *f.* impetus
lancer (se) to get started
langage *m.* language
langue *f.* tongue
lapin *m.* rabbit; **poser un —** to stand (someone) up
large wide
lasser: se — de to grow tired of
lassitude *f.* lassitude, tiredness
latéral, -e lateral
laver to wash
leçon *f.* lesson
lecture *f.* reading
léger, légère light
légèrement lightly
légèreté *f.* lightness
lendemain *m.* next day
lent, -e slow
lentement slowly
lenteur *f.* slowness
lequel (laquelle, lesquels, lesquelles) which
lettre *f.* letter
levant, -e rising
lever to raise; **se —** to rise
lèvre *f.* lip
liaison *f.* connection
libérer (se) to free oneself
liberté *f.* freedom, liberty
libre free; **— arbitre** free will
lieu *m.* place; **au — de** instead of
ligne *f.* line
limonade *f.* lemon soda
lingerie *f.* underclothing, lingerie
liquide *f.* liquid
lire to read
liste *f.* list
lit *m.* bed
livre *m.* book
livrer: se — à to indulge in
local *m.* premises
locataire *m.* tenant

loger to lodge
logique logical
logique *f.* logic
logiquement logically
loi *f.* law
loin far; **de — en —** at intervals
lointain, -e distant
long, -ue long
longtemps long time
longuement for a long time
longueur *f.* length
loquace loquacious, talkative
lors: — de at the time of
lorsque when
lourd, -e heavy
lourdeur *f.* heaviness
lueur *f.* gleam, glimmer
lugubre mournful
luire to glimmer
luisant, -e shining
lumière *f.* light
lumineux, lumineuse luminous, light
lune *f.* moon
lunettes *f. pl.* (eye)glasses
lutte *f.* fight, struggle
luxueux, luxueuse luxurious

M

macabre macabre
macadam *m.* blacktop
mâcher to chew
machiavélique Machiavellian
machinalement mechanically
machine *f.* machine; **— à coudre** sewing machine
machine-outil *f.* machine-tool
machinisme *m.* mechanism
mâchoire *f.* jaw
maculé, -e spotted
magasin *m.* store, shop
magique magic
magnétophone *m.* tape recorder
maigre thin, skinny
maigreur *f.* thinness
maillon *m.* link (of a chain)
main *f.* hand
maintenant now

mais but
maison f. house
maisonnette f. little house
maîtresse f. mistress
malade sick
malade m. sick person
maladie f. sickness
maladroit, -e awkward
malaise m. uneasiness, malaise
malchance f. bad luck
malgré in spite of
malheureux, malheureuse unhappy
mal m. difficulty; hurt; **faire —** to hurt
mal badly, ill
malodorant, -e smelly
malle f. trunk
mallette f. small case
malveillance f. malevolence, ill will
maman f. mama
manche f. sleeve
manège m. stratagem, game
manger to eat
manière f. way, manner; **de toute —** any
 way, at any rate
manifester to show, to reveal
manipuler to manipulate
mannequin m. dummy
manquer to mill
manufacturé, -e manufactured
manuscrit, -e handwritten
maraude f.: **taxi en —** cruising taxi
marauder to cruise
marchandises f. pl. merchandise
marche f. walk, step
marché m. contract
marcher to walk
marge f. margin
mari m. husband
mariage m. marriage
mariée f. bride
marier (se) to get married
marin m. sailor
marine f. navy
marquer to mark, to record, to note
masquer to hide, to mask
masure f. hovel, shanty
match m. match, game
matelas m. mattress
matériaux m. pl. materials
maternel, -le maternal

matière f. material
matin m. morning
maturité f. maturity
maussade sullen, grouchy
mauvais, -e bad
mécanique mechanical
mécanique f. (science of) mechanics
mécanisation f. mechanization
mécanisme m. mechanism
médecin m. doctor
médecine f. (art of) medicine; **étudiant
 en —** medical student
médicament m. medicine
médiocre mediocre
méditer to meditate
méfiance f. distrust, mistrust
meilleur, -e better; **le (la) —** the best
mélanger to mix
mélodie f. melody
melon m. melon
membre m. member, limb
même even; **le (la) —** the same
mémoire f. memory
menaçant, -e threatening
menacé, -e menaced, threatened
menace f. threat
ménage m. household
ménagé, -e arranged
ménagements m. pl.: **sans —** abruptly
mendier to beg
menteur lying
mener to lead
mensonge m. lie
mental, -e mental
menthe f. mint
mentir to lie
menton m. chin
menu, -e small, slight, slender
méprendre (se) to be mistaken
méprisant, -e contemptuous
méprise f. mistake
mer f. sea
merci thank you
mère f. mother
merguez f. spicy North African sausage
merveilleux, merveilleuse marvelous
mésaventure f. misadventure
message m. message
mesurer to measure
métallique metallic

métal *m.* metal
métaphore *f.* metaphor
méthode *f.* method
métier *m.* profession
mètre *m.* meter
métro *m.* subway
mets *m.* food, dish
metteur en scène *m.* director
mettre to put
meuble *m.* furniture
mi-voix: à — in an undertone, under one's breath
midi *m.* noon
miette *f.* crumb, piece
mieux better; **le (la) —** the best
migraine *f.* migraine (headache)
milieu *m.* middle; **au beau —** right in the middle
militaire military
militer to militate
mille thousand
millimètre *m.* millimeter
mince thin, slim
miné, -e mined
mineur, -e minor
minute *f.* minute
miraculeux, miraculeuse miraculous
miroir *m.* mirror
mis à part apart
mise en scène *f.* setting
mobile mobile
mobilisé, -e mobilized
mode *f.* fashion; tense
modeste modest
moindre least
moins less; **du —** at least
mois *m.* month
moitié *f.* half
mollement softly, indolently
moment *m.* moment
mondain social
monde *m.* world
mondial, -e worldwide
monnaie *f.* money, change
monsieur *m.* Mr.
monstrueux, monstrueuse monstrous
montant *m.* sum
monter to go up, to climb
montre *f.* watch, clock
montre-bracelet *f.* wristwatch

montrer to show
monture *f.* frame
moquer (se) to mock, to make fun
moqueur, -e mocking
morceau *m.* piece
morcellement *m.* cutting up into small pieces
mort *f.* death
mort, -e dead
mortuaire mortuary
mot *m.* word; **— de passe** password
moteur *m.* motor
motif *m.* motive
motiver to motivate
mou, molle soft
moue *f.* pout; **faire la —** to pout
mourir to die
mouvement *m.* movement
mouvoir to move
moyen *m.* means; **au — de** by means of
Moyen-Orient Middle East
mue *f.* voice change (for boys)
muet, -te dumb, mute
munir to furnish
mur *m.* wall
muraille *f.* high wall
murmurer to murmur
musical, -e musical
musique *f.* music
mutuel, -le mutual
mystère *m.* mystery
mystérieux, mystérieuse mysterious
mythomane mythomaniac
mystique mystical

N

nager to swim
naïf, naïve naive
naissance *f.* birth
naître to be born
narcotique narcotic
nationalité *f.* nationality
nature *f.* nature
naturel, -le natural
naturel *m.* nature, character, disposition
naturellement naturally
naufrage *m.* shipwreck
navire *m.* ship

né, -e born
néanmoins nevertheless
nécessaire necessary
nécessité *f.* necessity
néfaste harmful
négligé, -e careless
négligemment negligently
négliger to neglect
nerf *m.* nerve
nerveux, nerveuse nervous
net, -te clear, clean
nettement clearly
netteté *f.* clearness; cleanliness
neuf, neuve new
neutralité *f.* neutrality
neutre neutral
nez *m.* nose
ni neither, nor
noblesse *f.* nobility
noces *f. pl.* marriage, wedding; **voyage
de —** honeymoon
nocturne nocturnal
noir, -e black, dark
noirâtre blackish
noirci, -e blackened
nom *m.* name
nombreux, nombreuse numerous
nommer (se) to be named
non-sens *m.* nonsense
normal, -e normal
notable notable
notablement notably
notion *f.* notion
nourriture *f.* food
nouveau, nouvelle new; **de —** again
nouvelle *f.* (piece of) news
novocaïne *f.* novocaine
nu, -e naked
nuance *f.* nuance
nuit *f.* night
nulle: — part nowhere
nullement not at all
numéro *m.* number

O

obéir to obey
obéissance *f.* obedience
objectif, objective objective

objet *m.* object
obliger to oblige, to compel
oblique oblique
obscur, -e obscure
obscurcir to obscure, to dim
obscurément obscurely, dimly
obscurité *f.* darkness
observer to observe
obstacle *m.* obstacle
obstination *f.* obstinacy, stubbornness
obstinément obstinately, stubbornly
obstiner (s') to show obstinacy
obtenir to obtain
occuper to occupy
Œdipe Oedipus
œuvre *f.* work
offensant, -e offensive
offre *f.* offer
offrir to offer
oiseau *m.* bird
ombre *f.* shadow
omettre to omit
opaque opaque
opérer to operate
opinion *f.* opinion
opportunité *f.* timeliness
opposer to oppose
oppressant, -e oppressing
opprimer to oppress
or now
or *m.* gold
oralement orally
orbite *f.* socket, orbit (of eye)
ordinaire ordinary; **eau —** tap water;
d' — usually
ordinateur *m.* computer
ordre *m.* order
oreille *f.* ear
organiser to organize
organisme *m.* organism
origine *f.* origin
ornement *m.* ornament, adornment
orner to decorate
oser to dare
ôter to remove, to take off
ou or
où where
oublier to forget
oui yes
outre: en — besides

outre-Atlantique on the other side of the Atlantic
ouvert, -e open
ouvertement openly
ouverture *f.* opening
ouvrier *m.* worker
ouvrir to open

P

pacotille *f.* cheap goods
paillé, -e made with straw; **chaise —** straw-bottomed chair
paiement *m.* payment
Palestinien, -ne Palestinian
pâle pale
pâleur *f.* paleness
palier *m.* landing (of stairs)
palissade *f.* fence
palper to feel, to examine
pan *m.* section, piece
pantalon *m.* trousers
papa *m.* papa, daddy
papier *m.* paper
papillon *m.* butterfly
par by
paradis *m.* paradise
paradoxal, -e paradoxical
paradoxalement paradoxically
paradoxe *m.* paradox
paragraphe *m.* paragraph
paraître to appear
paralysie *f.* paralysis
paralytique *m.* paralytic
parcourir to travel through, to traverse
parcours *m.* distance covered, run, trip
pardonner to forgive, to pardon
pare-brise *m.* windshield
pareil, -le same
pareillement in a similar manner
parenté *f.* relationship, kinship
parfait, -e perfect
parfois sometimes
pari *m.* bet
parier to bet
Parisien, -ne Parisian
parler to speak
parleur *m.* speaker
parmi among

paroi *f.* wall
parole *f.* word
part *f.* part; **pour ma —** as for me
partant, -e leaving
parti, -e gone
participe passé *m.* past participle
participer to participate
particularité *f.* particularity
particulier, particulière particular, special
partie *f.* part (of a whole); **en —** partially
partiel, -le partial, incomplete
partiellement partially
partir to leave; **à — de ce jour** from that day on
parvenir to arrive at
pas *m.* step
pas not
passager *m.* passenger
passant, -e *m. or f.* passer-by
passé *m.* past; **au —** in the past tense
passer to pass, to go by; **se —** to happen
pastille *f.* lozenge
pâtes *f. pl.* pasta
pâteux, pâteuse pasty, thick
patron *m.* boss
paume *f.* palm
paupière *f.* eyelid
pauvre poor
pavage *m.* pavement
pavé, -e paved
pavé *m.* paving stone
pavillon *m.* pavillion, building
payer to pay
peau *f.* skin
peigne *f.* comb
peine *f.* trouble, pain; **à —** scarcely; **à grand —** with great difficulty
peint, -e painted
penché, -e leaning
pencher (se) to lean
pendant during; **— que** while
pendant, -e hanging
pénétrer to penetrate
pénible painful, trying
péniblement with difficulty
pénombre *f.* half-light, semidarkness
pensée *f.* thought
penser to think
perçant, -e piercing

percevoir to perceive
perdre to lose
perdu, -e lost
perfectionné, -e perfected
perfide treacherous
performance *f.* performance
périmé, -e out-of-date
périodiquement periodically
péripéties *f. pl.* adventures
périr to perish
permettre to permit
permission *f.* permission; leave (military)
perpendiculaire perpendicular
perplexe perplexed
personnalité *f.* personality
personnage *m.* character
personne *f.* person; **grande —** grown-up
personnel, -le personal
persuader to persuade
perte *f.* loss
petit, -e small
pétrifié, -e petrified
peu little
peuplé, -e populated
peur *f.* fear; **avoir —** to be afraid; **faire —** to frighten
peureux, peureuse easily frightened
peut-être maybe
phase *f.* phase
photo *f.* photo
photographie *f.* photograph
phrase *f.* sentence
physique physical
picotement *m.* pricking
pièce *f.* room; **jouer une —** to play; **— détachée** piece, part
pied *m.* foot
piège *m.* trap
pierre *f.* stone
piéton *m.* pedestrian
pile *f.* pile
pincer to pinch
piqueté, -e dotted, spotted
piste *f.* trail
placardé, -e posted
place *f.* place; **— publique** public square
plafonnier *m.* ceiling light
plaider to plead
plaindre (se) to complain
plaire to please

plaisant, -e pleasing
plaisanter to joke, to jest
plaisanterie *f.* joke
plaisir *m.* pleasure; **faire —** to please
plan *m.* plan
plancher *m.* floor
planer to soar, to float, to hover
plaque *f.* street sign
plastique plastic
plat *m.* dish
plat, -e flat
plateau *m.* tray
plein, -e full
pli *m.* fold
plier to fold
plomb *m.* lead
plonger to immerse
pluie *f.* rain
plume *f.* pen
plupart most
pluriel, -le plural
plus more; **le —** the most
plusieurs several
plutôt rather
poche *f.* pocket
poète *m.* poet
poignée *f.* handle
poignet *m.* wrist
point *m.* point
pointe *f.* point, tip
pointu, -e pointed
poisseux, poisseuse sticky
poisson *m.* fish
poitrine *f.* chest
poli, -e polite; polished
police *f.* police
policier *m.* policeman
politesse *f.* politeness
politique political
pommette *f.* cheekbone
pompeux, pompeuse pompous
port *m.* port
porte *f.* door
porter to carry, to bear; to wear
portière *f.* car door
portrait *m.* portrait
posé, -e calm, steady
poser to place, to put; **— une question** to ask a question
position *f.* position, attitude

positiviste *m. or f.* positivist
postal, -e postal, post
poste *f.* Post Office
posture *f.* posture
poudre *f.* powder
pouls *m.* pulse
poumon *m.* lung
poupée *f.* doll
pour for
pourquoi why
poursuivre to continue, to follow
pourvu provided
pourtant however
pousser to push
poussière *f.* dust
poussiéreux, poussiéreuse dusty
pouvoir to be able
praticable feasible, passable
pratique practical
précéder to preceed
précipitamment hurriedly
précipité, -e hurried
précis, -e precise
précisément precisely
préciser to make clear
préférable preferable
préférer to prefer
préliminaire *m.* preliminary
premier, première first
premier maître *m.* chief petty officer
prendre to take; — **conscience** to become aware of
préoccupation *f.* preoccupation
préposition *f.* preposition
près near, close
présence *f.* presence
présent *m.* present; **à** — presently
présent, -e present
présenter to present
presque almost
presser to press
pressentir to have a forboding
présumer to presume
prétendre to claim, to maintain
prétendu, -e alleged, intended
prêter to lend
prétexte *m.* pretext
prévenir to inform, to forewarn
prévu: comme — as planned
primitif, primitive primitive, first

principe *m.* principle
printemps *m.* spring
privé, -e private
privilégié. -e privileged
prix *m.* prize; price
probablement probably
procédé *m.* method
prochain, -e next
proche near, close
procurer to procure
prodige *m.* wonder, marvel
produire (se) to happen, to take place
professeur *m.* professor
profession *f.* profession
professionnel, -le professional
programme *m.* schedule, curriculum
progrès *m.* progress
progresser to progress, to advance
progressif, progressive progressive
progressivement progressively
proie *f.* prey
projet *m.* project, plan
projeter to project
promenade *f.* outing, walk
promettre to promise
pronominal: verbe — reflexive verb
prononcer to pronounce
propagandiste *m.* propagandist
prophylaxie *f.* prophylaxis
propos *m.* subject, matter; **à** — by the way, with regard to
proposer to propose
propre proper; own; clean
protéger to protect
protestation *f.* protestation
prouver to prove
provenir to proceed, to come (from)
providentiel, -le providential
provisoire provisional, temporary
provoquer to provoke
proximité *m.* proximity
prudence *f.* prudence, carefulness; **avec** — carefully
prudent, -e prudent, careful
prunelle *f.* pupil (of the eye)
psychiatre *m.* psychiatrist
public *m.* public, audience
puis then
puisque since
pull-over *m.* pullover sweater

punir to punish
purement purely

Q

quai *m.* platform
qualifier to qualify
quand when
quant: — à as to
quantité *f.* quantity
quarantaine *f.* about forty; quarantine
quartier *m.* district, neighborhood
quasi almost
quasiment almost
quatorzième fourteenth; **j'habite dans le** **—** I live in the fourteenth (district)
quatre four
quatre-vingt(s) eighty
que that, whom, which, what
quelconque any (whatever)
quelque some, any
quelque chose something
quelquefois sometimes
quelqu'un someone
question *f.* question, problem
queue *f.* tail; **faire la —** to line up
quoi what
quoique although
quotidien, -ne daily
quotidien *m.* daily newspaper
qui who, that
quitter to leave

R

rabattu, -e folded back
raccourci *m.* short cut
râcler to scrape
raconter to tell
rage *f.* rage
raide stiff
raidi, -e stiffened
raison *f.* reason, mind, will; **avoir —** to be right
raisonnable reasonable, rational
raisonner to reason
raisonneur, raisonneuse argumentative
ralentir to slow down

rameau *m.* small branch, twig
ramener to bring back
rampe *f.* ramp
rançon *f.* ransom
rangé, -e tidy, orderly
rangée, *f.* row
ranger to arrange
ranimer to reanimate
râpé, -e threadbare
rapide rapid, fast
rapide *m.* fast train
rapidité *f.* rapidity
rappeler to remind; **se —** to remember
rapport *m.* relation, connection
rasseoir (se) to sit back down
rassurant, -e reassuring
rassurer to reassure
rater to miss
rationnel, -le rational
rattacher to link up, to connect
ravi, -e delighted
ravissant, -e ravishing
rayon *m.* ray
réaliste realistic
réalité *f.* reality
réapparition *f.* reapparition, reappearance
rebrancher to plug back in
rebut *m.:* **au —** discarded, throwaway
récemment recently
récent, -e recent
réceptif, réceptive receptive
recevoir to receive
recherche *f.* research, search
rechercher to search for
réciproque reciprocal
récit *m.* story
réciter to recite
recommander to recommend, to advise
recommencer to begin again
récompenser to reward, to recompense
reconnaître to recognize
recourbé, -e bent
recracher to spit out again
recréer to recreate
recruter to recruit
rectangulaire rectangular
rectifier to rectify, to correct
rectiligne rectilinear
recueillir to take in
recul *m.* recoil, setback

redonner to give back, to give again
redoublement *m.* redoubling
redoutable redoubtable, dangerous
redouter to dread, to fear
redresser (se) to sit up again, to straighten up
réel, -le real
refermer to reclose
réfléchir to reflect
reflet *m.* reflection
réflexe *m.* reflex
réflexion *f.* reflection
réfugié *m.* refugee
refus *m.* refusal, denial
refuser to refuse
regagner to regain
regard *m.* look, glance
regarder to look
règle *f.* rule
règlement *m.* rule, regulation
régler to settle; **— l'addition** to pay the bill
regretter to regret, to be sorry
régulier, régulière regular
relever to lift up, to raise
remarquable remarkable
remarque *f.* remark
remarquer to remark, to notice
remercier to thank
remettre to put back
remonter to go up again, to come to the surface
remplacer to replace
remplir to fill
remuer to stir, to turn over
rencontre *f.* meeting, encounter
rencontrer to meet, to encounter
rendez-vous *m.* appointment, rendez-vous
rendre (se) to go, to make one's way to; to surrender
rendre to give back; **se — compte** to realize; **— tes personnages vivants** to make your characters lifelike
renforcer to reinforce
renoncer to give up
renseignement *m.* information
renseigner to inform
rentrer to go home
renvoyer to send back

répandu, -e widespread
reparaître reappear
réparer to repair
repartir to leave again
repas *m.* meal
repère *m.;* **point de —** landmark
repérer to locate, to spot
répéter to repeat
répétitif, répétitive repetitive
replacer to replace, to put back
replier to refold
réplique *f.* answer, retort
repli *m.* winding, meander
replonger to immerse again, to replunge
répondre to answer
réponse *f.* response
repos *m.* rest
reposer (se) to rest
reprendre to take up again; **— ses esprits** to recover consciousness
représenter to represent
reprise *f.* resumption, renewal; **à plusieurs —** repeatedly
reproche *m.* reproach
reprocher (se) to blame oneself
reproduire to reproduce
réserver to reserve
résolument resolutely
résolution *f.* resolution, solution
résonance *f.* resonance
résoudre to resolve
responsabilité *f.* responsibility
responsable responsible
ressemblance *f.* resemblance
ressembler to look like, to resemble
ressentir to feel
ressortir to result
reste *m.* remainder, rest
rester to stay, to remain, to be left
résultat *m.* result
résumer to summarize, to sum up
retenir to hold back, to retain, to remember
retirer to pull out, to withdraw
retomber to fall back
retour *m.* return; **en —** in return
retourner (se) to turn round, over, back
retrait *m.:* **en —** standing back
retrouver to find (again)
rétroviseur *m.* rearview mirror

réunir to reunite, to meet
réunion f. meeting
réussir to succeed
rêve m. dream
réveil m. wakening; — **matin** alarm clock
réveiller to wake
réveiller (se) to wake up
révéler to reveal
revenir to come back
réverbère m. street lamp
révérence f. curtsy
revêtir to cover, to clothe
rêveur m. dreamer
rêveur, rêveuse dreamy
revoir to see again, to meet again
revolver m. gun, revolver
révolu, -e completed
révulsif, révulsive revulsive
rez-de-chaussée m. ground floor
riche rich
rictus m. rictus, grin
rideau m. curtain
ridicule m. ridiculousness
rien nothing; — **de tel** nothing such
rigide rigid
riposte f. retort
rire m. laugh, laughter
rire to laugh
risque m. risk
risquer to risk
robe f. dress
robinet m. faucet
robot m. robot
rôder to roam
rôle m. role, part
roman m. novel
romanesque romantic
rompre to break
rose f. rose
rosir to become rosy
rouage m. gear wheel
rouge red
rougeâtre reddish
rougir to blush, to redden
rouille f. rust
rouler to roll, to roll along, to drive
roulotte f. trailer
route f. route, path; **se mettre en —** to begin, to start off
royaume m. kingdom

ruban m. ribbon
rudimentaire rudimentary
rue f. street
ruelle f. small narrow alley
rugir to roar
ruine f. ruin; **en —** in ruins
Russe Russian
rythme m. rhythm

S

saccadé, -e jerky
sacoche f. satchel
sacré, -e sacred; damn
sage wise, well-behaved
sagement wisely
saillant, -e projecting, jutting out
saisir to grasp
sale dirty
salle f. room, hall; — **de bain** bathroom;
  — **de classe** classroom
salut m. greeting; **Armée du Salut**
  Salvation Army
salutation f. greeting
sang m. blood
sanglé, -e tightly belted
sans without
santé f. health
satyre m. pervert, sex maniac
sauf except
sauter to jump; **faire —** to blow up
sautiller to skip
sauvage wild
sauver to save
saveur f. flavor, taste
savourer to relish, to enjoy
savoir to know
scène f. scene, stage
scénique : indications —s stage
  directions
secondaire secondary
seconde second
secouer to shake
secourir to help, to aid
secours m. help, aid
secousse f. shake, shock
secret, secrète secret
séduire to seduce
sein m. breast, bosom

selon according to
semaine *f.* week
semblable similar
semblant *m.* semblance; **faire —** to pretend
sembler to seem
semelle *f.* sole (of shoe)
semer to sow
sens *m.* sense, meaning; way, direction; **privé de —** meaningless; **dans tous les —** every which way; **à contre —** the wrong way
sensation *f.* sensation, feeling
sensible sensitive; **contact —** tangible
sensualité *f.* sensuality
sensuel, -le sensual
sentencieux, sentencieuse sententious
sentiment *m.* feeling
sentir to feel, to smell; **se —** to feel
séparer to separate
sépia sepia (color)
sept seven
serein, -e serene
série *f.* series
sérieux, sérieuse serious
sérieux *m.* seriousness
serré, -e tight; **un café noir, très —** very strong black coffee
serrer to hold tightly, to tighten, to close
serrure *f.* lock
servir to serve
serveur *m.* waiter
seuil *m.* threshold
seul, -e only, alone
seulement only
sévère *f.* severe
sévérité *f.* severity
sexe *m.* sex
sexuel, -le sexual
si if, whether, how
sidérurgie *f.* siderurgy, the iron and steel industry
siècle *m.* century
siège *m.* seat
signal *m.* signal
signaler to signal, to point out
signature *f.* signature
signe *m.* sign
signer to sign
signification *f.* meaning

signifier to mean, to signify, to intimate clearly
silence *m.* silence; **en —** silently
silencieux, silencieuse silent
silhouette *f.* silhouette
simple simple
simpliste simplistic
simulacres *m. pl.* imitation
simuler to simulate
singulier, singulière uncommon, singular
sinistre sinister
sinon otherwise
sirène *f.* mermaid
sirop *m.* syrup
sitôt as soon
sobre temperate, restrained
sœur *f.* sister
soif *f.* thirst
soigner to care for
soin *m.* care; **avec —** carefully
soir *m.* evening
sol *m.* ground
soldat *m.* soldier
soleil *m.* sun
solitaire lonely
sombre dark
sombrer to sink; **— dans le plaisir** to get lost in ecstasy
somme *f.* sum, amount; **en —** in short
sommeil *m.* sleep
sommeiller to doze, to sleep lightly
sommier *m.* box spring
somnifère *m.* sleeping pill
somptueux, somptueuse sumptuous
son *m.* sound
sonner to ring
sonorité *f.* sonority
sophistiqué, -e sophisticated
sort *m.* destiny, fate
sorte *f.* kind
sortie *f.* exit
sortir to go or come out
souci *m.* worry
soucier to trouble oneself, to concern oneself
soudain suddenly
soudain, -e sudden
souffle *m.* breath, puff
souffrance *f.* suffering, pain
souffrir to suffer

souhaiter to wish
souiller to dirty
soulagement *m.* relief
soulever to lift up
souligner to underline
soumettre to submit
soupçon *m.* suspicion
soupçonner to suspect
sourcil *m.* eyebrow
sourd, -e deaf
sourire *m.* smile
sous-officier *m.* petty officer
soutien *m.* support
souvenir (se) to remember
souvenir *m.* souvenir, remembrance
souvent often
soviétique soviet
spectacle *m.* show
spectre *m.* ghost
spiritisme *m.* spiritism
stagnant, -e stagnant
station *f.* station
stationnement *m.* parking
statue *f.* statue
statuette *f.* statuette
statut *m.* status
strictement strictly
stupéfait, -e stupefied
stupéfiant, -e amazing
stupeur *f.* stupor
stupide stupid
style *m.* style
subconscient *m.* subconscious
subit, -e sudden, unexpected
subitement suddenly
subjonctif *m.* subjunctive (tense)
substance *f.* substance
subterfuge *m.* subterfuge
succéder to succeed, to follow
successif, successive successive
successivement successively
sucre *m.* sugar
suffire to suffice
suffisamment enough
suffisant, -e sufficient
suggérer to suggest
suicider (se) to commit suicide
suite *f.* continuation, sequel, consequence
suivant, -e next

suivre to follow
sujet *m.* subject; **à mon —** about me
supercherie *f.* hoax
supérieur, -e superior, upper, top
supérieur, *m.* superior
superflu, -e superfluous
superflu *m.* luxuries
supplémentaire supplementary
supporter to support, to endure
supposer to suppose
sur over
sûr, -e sure
surcroît addition
sûrement surely
surface *f.* surface
surgir to rise, to come into view
surmené, -e overworked
surmonter to overcome
surnaturel, -le supernatural
surprenant, -e surprising
surprendre to surprise
sursaut *m.* jump
surtout especially
surveiller to watch, to guard, to supervise
survenir to happen, to occur
susciter to rouse, to instigate
suspect, -e suspicious
suspendre to hang
suspension *f.* suspension
svelte slender
syllabe *f.* syllable
syllogisme *m.* syllogism, a type of reasoning
sympathique likable, nice
symptôme *m.* symptom
syncope *f.* faint
synonyme *m.* synonym

T

tabac *m.* tobacco
table *f.* table
tableau *m.* picture, painting
tache *f.* spot
tâche *f.* tack, job
taciturne taciturn, silent
taille *f.* size; waist
taire (se) to be silent
tandis que whereas, while

tant so much
tante *f.* aunt
tape *f.* tap, pat
tard late
tarder to delay, to be long in
tarif *m.* price
tasse *f.* cup
tâter to feel
tâtons: à — gropingly
tatoué, -e tatooed
taxi *m.* taxi
teint *m.* complexion, color
teinte *f.* tint, color
teinté, -e tinted, colored
tel, -le such
télégraphique telegraphic
tellement so much, so many
tempes *f. pl.* temples
temps *m.* time
tendre tender
tendre to stretch, to stretch out, to hold
 out
ténèbres *f. pl.* darkness
tenir to hold; **se —** to stand, to be
tentative *f.* attempt
tenter to attempt, to try; to tempt
terme *m.* term, expression
terminer to finish, to end
terne dull, lusterless
terrain *m.* ground
terrible terrible; (*colloquial*) terrific, great
terre *f.* ground, earth
terrorisme *m.* terrorism
terroriste terrorist
tester to test
tête *f.* head
texte *m.* text
théâtre *m.* theater
théorique theoretical
tic-tac *m.* ticktock
tige *f.* stem
tigre *m.* tiger
timbre *m.* tone
timide timid, shy
tirage *m.* print
tirer to pull; **— la langue** to stick out
 one's tongue
tissu *m.* material, fabric
toilettes *f. pl.* lavatory
tombe *f.* tomb, grave

tomber to fall
ton *m.* tone
topographie *f.* topography
tordre to twist
tôt early
total, -e total, complete
toucher to touch
toujours always, still; **pour —** forever
tour circumference, turn; **faire le —** to
 go around
touristique touristic
tourner to turn
tout all, entirely; altogether
toux *f.* cough
tracasser to worry
tracer to trace, to draw
traduction *f.* translation
tragique tragic
train *m.* train; **en — de** in the middle of
 (doing something)
traîner to drag, to pull; to linger, to loiter;
 to lag behind
trajet *m.* journey, ride
trait *m.* feature; draught; **Il but son café
 d'un seul —** He drank his coffee in a
 single gulp
traité, -e treated
trame *f.* thread
tranquille tranquil, quiet
tranquillement tranquilly
transformation *f.* transformation
transformer to transform
translucide translucent
transparent, -e transparent
transporter to transport
trapèze *m.* trapeze
trappeur *m.* trapper
traumatisme *m.* traumatism
travail *m.* work, labor
travailler to work
travailleur *m.* worker
travers across
traverser to cross
trébucher to stumble
tremblement de terre *m.* earthquake
trembler to tremble
trentaine *f.* about thirty
trente thirty
très very
trésor *m.* treasure

tressaillir to quiver
tricher to cheat
tricot *m.* knitted wear, sweater
triste sad
tristesse *f.* sadness
trois three
troisième third
trop too
trottoir *m.* sidewalk, pavement
trou *m.* hole
troublant, -e troubling, disturbing
trouble *m.* trouble
trouble cloudy, confused
troubler to cloud, to disturb, to perturb
trousse *f.* case, kit
trouver to find; **se —** to be
truqué, -e faked
tuer to kill
tue-tête at the top of one's voice
tutoiement *m.* the act of addressing as **tu** and **toi**
tutoyer to address as **tu** and **toi**
typographique typographical

U

utile useful
ultime ultimate
uniforme uniform
urgence *f.* urgency
urgent, -e urgent
usage *m.* use
usagé, -e used
user to use, to wear out
usinage *m.* machine-finishing, factory processing
usine *f.* factory
utiliser to use

V

vacances *f. pl.* vacation
vacarme *m.* uproar, din
vacillant, -e flickering
vaciller to flicker
vague vague
vague *f.* wave
vain, -e vain

valeur *f.* value
valise *f.* suitcase
vaporeux, vaporeuse filmy, gauzy, hazy
vaste vast, spacious
végétal, -e plant, vegetable
véhicule *m.* vehicle
veille *f.* the day before
veillée *f.* vigil
veiller to look after, to watch over
vendre to sell
venelle *f.* alley
venir to come; **— de . . .** just . . .
vent *m.* wind
vente *f.* sale
ventre *m.* stomach, abdomen
verbal, -e verbal
verbe *m.* verb
véritable true, real
vérité *f.* truth; **en —** really, in reality
vérifier to verify
verni, -e glossy
verre *m.* glass
verrière *f.* glass window, skylight
vers towards
vert, -e green
vertige *m.* dizziness
vertigineux, vertigineuse dizzy
veste *f.* jacket
vêtements *m. pl.* clothing
vêtu, -e dressed
vexer to vex, to upset
vide *m.* emptiness
vide empty
vider to empty
vie *f.* life
vieillir to grow old
vieux, vieille old
vif, vive quick, fast, brisk; **une lumière vive** a bright light
vigueur *f.* vigor
vigoureusement vigorously
vin *m.* wine
vingt twenty
vingtaine *f.* about twenty
ville *f.* city
violent, -e violent
violer to rape
virage *m.* turn
visage *m.* face
visible visible

visiblement visibly
vision f. vision
visqueux viscous, sticky
visiteur m. visitor
visuel, -le visual
vite rapid, fast
vitesse f. speed
vitrages m. windows
vitre f. window pane
vitré, -e glass
vitrine f. shop window
vivant, -e alive, lifelike
vivement briskly; — **éclairé** brightly lighted
vivre to live
vocabulaire m. vocabulary
vocal, -e vocal
voie f. way
voilà there is, there are; **me** — here I am
voiles f. pl. veils
voir to see
voisin, -e m. or f. neighbor
voiture f. car
voix f. voice; **à mi** — in an undertone, under one's breath; **à haute** — out loud
volant, -e flying
volatiliser (se) to vanish into thin air
voler to steal; to fly

volontaire voluntary
volontairement voluntarily
volonté f. will
volubilité f. glibness
volume m. volume
vouloir to want
vouvoyer to address as **vous**
vrai, -e real
vraiment really
vraisemblable probable, likely
voyage m. trip; — **de noces** honeymoon
voyageur m. traveler
vulgaire vulgar

W

wagon m. wagon, car (of train)

Y

y there, here; **il** — **a** there is, there are
yeux m. pl. eyes

Z

zinc m. zinc, bar top (in a café)